김지원 수필집

빗줄기의 리듬

도서출판 한글

머리말

시인이 웬 수필이냐고 반문할지 모르지만 내 문학의 출발이 수필이고 보면 수필이 결코 남의 집 이야기만은 아님을 밝혀 둔다.

태초에 습작도 수필이었고, 고교시절 백일장에서 상으로 대학노트를 받은 것도 수필이었고, 교지에 발표한 것이나 신문 지상에 발표해 활자화된 것도 〈비〉라는 수필이었다. 물론 그렇지 않다고 하더라도 진정한 문학인은 장르의 벽을 넘나들어야 한다는 것이 내 평소의 지론이고 보면 쉽게 이해되리라 믿는다.

여기에 수록된 작품들은 대부분 시집을 낼 때 후미에 한두 편씩 함께 묶어냈던 것들과 월간 「창조문예」에 연재했던 것들과 월간목회, 오늘의 크리스천문학, 한국크리스천문학, 그리고 풍옥정기는 91년도 월간 에세이에 발표했던 풍옥정집을 제목만 고쳐 수록했다.

물론 처음으로 선보인 작품들도 있다. 또 부분적으로 가필 정정한 것도 있다. 아무쪼록 이 책을 읽는 독자 제현들에게 독서의 즐거움이 함께 하기를 빈다.

차 례

풍옥정기風玉亭記

사람들은 우리 집을 풍옥정집이라 불렀다.

사람들이 그렇게 부른 이유는 뒷동산에 있는 정자 이름 때문이었다. 그 이름은 당시 조선조 영의정이었던 문곡 김수항이 귀양 왔다가 집 뒷동산에 대나무 움막을 짓고 몇 달 머물면서 동산을 감싸고 있는 대나무 숲에 이는 바람 소리가 마치 바람에 굴러가는 옥구슬 같다 하여 붙여 놓은 이름이었다.

물론 인공 때 불타 버리고 지금은 주춧돌만 남았지만, 그리고 이제는 낯선 건물이 들어섰지만, 또한 내력을 알 만한 사람은 이미 세상을 떠난 지 오래지만, 자연스럽게 정자 이름이 우리 집 이름이 되고 만 것이다.

장성해서 알게 된 풍옥정집. 우리 집은 그 이름에 걸맞게 바람이 많았다. 이천팔백 평이 넘는 집터가 높은 층계로 연결되어 있어 어디서든지 한 눈에 바라볼 수 있는 지정학적 위치 탓이었을까 사시장철 쉬지 않고 바람이 불어왔다. 마주 보이는 월출산 천황봉 골짜기 아래 잔설이 채 녹기도 전 봄이면 푸른 보리 이랑을 타고 포근한 봄바람이 한없이 불어왔다.

바람이 불어오는 곳마다 복사꽃이 피고, 멀리서 보리피리 소리가 들리고, 가까운 곳에서는, 토담 고치는 소리가 들렸다. 여름이면 여름대로 어디 숨어 있던 시원한 바람이 마구 쏟아져 들어와 무더운 계절을 나는 사람들을 퍽이나 행복하게 했다. 거기다가 장맛비라도 내리는 날이면 대숲에 이는 바람과 후두기는 빗소리가 어우러져 비몽사몽간에 먼 동화의 나라로 끌고 가는 듯했다.

그러나 가을이 되어 소슬바람이 불고, 기러기가 날아오고, 서리가 내리고, 추수가 끝난 황량한 빈 들판을 건너오는 바람은 마음을 끝없는 적막으로 몰고 갔다. 솟을대문이 유난히 흔들리는 소리도 스산했고, 간간히 부러져 내리는 늙은 팽나무의 죽은 삭정이 흩날리는 소리도 그랬다. 그럴 때면 뿌연 달빛을 타고 섬돌 밑에 귀뚜라미 돌돌거리는 소리가 마당댓돌 아래 여지저기 굴러다니기도 했다. 겨울이 되면 눈이 내리고, 붉은 짚시락 물이 언 고드름이 되어 추녀 밑에 달리고 그 사이로 어룽어룽 해질녘 찬바람을 타고 눈이 내릴 때, 하루 종일 아무도 오지 않고 무료한 겨울해가 저물 때, 아버지는 누워서 '오늘도 해는 지고 눈보라는 날린다. 아득한 벌판 위에 누굴 찾아 헤매나'라는 노래를 반복해서 부르셨고 한 소절이 끝나면 다시 휘파람으로 불렀다. 나는 지금도 그 출처가 분명치 않은 유행가를 부르시던 아버지를 생각한다.

풍옥정집, 당시 우리 집은 단순히 정자 이름 말고도 부잣집이라는 말로도 통했다. 그도 그럴 것이 3대조 할아버지께서 한해 천 석을 거둬들일 정도였으니까 사람들이 그런 의미로 부르는 것도 당연한 일이었을 것이다.

그러나 내가 철이 들어 본 우리 집은 그렇게 부잣집이 아니었다. 가세가 기울었기 때문이었다. 이승만 박사의 토지개혁으로 백 마지기를 제외한 모든 전답이 하루아침에 소작인들에게 돌아가는 바람에 머슴들이 완장 차고 큰 기침하는 세상이 되었고 아버지의 사업 실패 등으로 겨우 살아가는 정도라고나 할까. 아무튼 그렇게 들끓던 식객들의 발걸음도 끊어지고 머슴들은 집안 물건을 도둑질해 밤새 도망을 갔다. 낯선 사람들이 찾아왔다. 빚쟁이들이었다. 동네 몇몇 사람들은 부자가 삼대 가니 망한다고 입방정을 떨고 다녔다.

하여튼 그 해, -내가 초등학교 사학년쯤 되었던 시절- 한번은 모진 바람이 불었다. 갑자기 단축수업을 한 선생님은 서둘러 종례를 마치고 돌아가라고 했다. 선생님은 잔뜩 긴장한 모습을 하고 서서 말하기를,

"어서, 어서들 가거라. 이번 태풍은 엄청난 것이다. 집도 날려 버린다. 가게도, 전봇대도 다 날려버린다."

"집도 날려 버린다고?"

우리는 서로 마주보며 말을 잇지 못했다. 선생님은 우리가 교실을 나서기 전 마지막으로 또 말했다. "가다 바람을 만나거든 엎드려라. 몸을 낮추고 아예 땅바닥에 바싹 엎드려라. 그래야 산다." 우리는 집으로 내달렸다. 양철 필통 속에 연필소리가 유난히 짤랑거렸다. 가쁜 숨을 몰아쉬면서 뛰었다.

'바람을 만나거든 엎드려라 몸을 낮추어야 산다.'는 선생님의 말씀이 귀전에서 웅웅거렸다. 그날 밤 정말, 바람은 엄청난 소리를 내며 온 동네를 휩쓸고 지나갔다. 밤새도록 세상에 있는 모든 것을 다 날리겠다는 듯 요동을 쳤다.

아침이 되자 초가지붕의 용마름이 다 뒤집혀 있었다. 전봇대가 뽑히고, 뿌리가 약한 나무들은 다 나자빠져 있었다. 학교에 가보니 흙벽과 판자로 지어 늘 흔들거리던 교실이 없어져 버렸다. 바람에 날아가 버린 것이다. 학교길이 허전해 보였다. 당장 우리는 천막을 치고 공부를 했다.

군용천막의 뚫어진 구멍으로 언뜻 언뜻 푸른 하늘이 보였다. 여기저기 웅덩이가 생긴 운동장에는 장구애비들이 스멀거렸다. 잠자리들만 편대 비행을 하듯 둘씩, 셋씩 짝을 지어 날고 있었다. 물 건너오지 못한 먼 곳에 사는 아이들은 아무 소식도 없이 오랫동안 학교에 나오질 못했다.

"사라혼가 뭔가 엄청난 바람이네." 어머니가 혀를 내두르며 말했다. 그 일 이후로 나는 커다란 집에 거의 외톨이로 남게 되었다. 아버지의 새로운 직장 때문에 모든 식구가 다른 곳으로 먼저 떠났기 때문이었다. 학교 갔다 오면 아무도 없는 텅 빈집을 혼자 지키며 살았다.

새로 이엉을 하지 않은 집은 퇴락하고 손길이 닿지 않은 마당은 잡초가 무성했다. 숙제를 하다 새들이 빨랫줄에 앉아 자지러지게 짖어대는 소리를 듣고 밖에 나와 보면 썩은 용마름을 타고 지붕에서 뱀들이 떨어졌다. 하루 종일 아무 일도 일어나지 않았고 텅 빈 신작로엔 사람 그림자 하나 보이지 않고 땡볕만 가득히 쏟아졌다. 독새풀 우거진 사이로 꽃뱀들이 지나가고 살구나무 위의 세월매미들은 석양의 노을이 붉게 탈 때까지 기를 쓰고 울어댔다.

당시 나의 일과는 기다림이었다. 학교에 갔다 오면 날마다 차부에 나가 어머니를 기다렸다. 혼자일 때도 있었고 동네 아이들과 함께일 때도 있었다. 그러나 어머니는 오지 않고 버스는 날마다 낯선 사람들을 토해 놓은 채 어디론가 사라졌다. 그리고 한 두어 해가 지나갔다.

나는 초등학교 졸업 6개월을 남겨두고 여름방학을 기하여 아버지의 직장이 있는 영광으로 가게 되었다. 방학이 끝나면 다시 돌아오리라 한 생각은 무너졌다. 방학이 끝날 무렵쯤 어머니가 나를 가만히 부르시더니 아버지가 가라고 하면 안 간다고 대답해라 라고 말씀하셨다. 나는 시킨 대로 아버지가 언제 집에 길 거냐고 물었을 때 단호하게 대답했다. "나는 절대 안갑니다." 그것으로 뜻밖에 고향과 기약 없는 이별이 되었다. 그로부터 물경 오십 년이 넘는 세월! 아, 강산이 다섯 번이나 바뀌고도 남은 세월이었다.

나는 살면서 도시에서 날마다 낯선 바람을 만난다. 매캐한 매연과 종류를 알 수 없는 퀴퀴한 냄새를 동반한 바람, 도시의 지하철과 골목을 빠져나온 미적지근한 바람 등등. 그럴 때마다 내 고향 풍옥정의 구슬 같은 바람을 생각한다. 철철이 불어오던 바람 터의 집. 늘 크고 부드러운 손길로 다스려주던 그리운 집을. 그리고 언젠가 태풍을 만난 우리에게 신신당부해 주시던 선생님의 말씀도 생각한다. "바람을 만나거든 엎드려라. 그래야 산다."

빗줄기의 리듬

가을비가 추적거리며 내리고 있었다.

육십 년대 말. 그 해도 저물어 가는 늦은 가을 나는 더블 백을 메고 강원도 화천을 지나 어느 두메산골에 있는 부대를 찾아가기 위해 고개를 넘어가고 있었다. 사람들이 카라멜 고개라고 했다.

그 이름에 걸맞게 굽이굽이 구절양장 같은 산 고개 길을 버스는 힘에 겨운 듯 털털거리며 달리고 있었다. 붉게 물든 가을 단풍이 비에 젖고 이따금씩 화전민 집들이 나타나는가 하면 사라지고 추수가 끝나버린 텅 빈 들판에는 마른 수숫단들이 비에 젖고 있었다. 도로 울력 때 쌓아놓은 자갈 때문인지 유난히도 덜커덕거리던 버스는 어둠이 짙게 깔린 밤중에야 겨우 나를 낯선 부대 막사 앞에 내려놓고 서둘러 어둠속으로 사라졌다.

나는 처음 보는 막사 문을 열고 들어섰다. 그리고 엉거주춤 도착한 병영생활이 시작됐다. 날이 밝자 주변을 살펴보았다. 참으로 황량한 곳이었다. 사방에 산이 병풍처럼 둘러싸인 산곡에 하루 종일 기다려도 사람 그림자 하나 구경할 수도 없었다. 이따금 화전민으로 보이는 사람과 약초를 캐는 사람으로 보이는 사람들의 옷자락이 멀리 산속에서 어른대다 사라질 뿐 바람 소리만 가득했다.

병사들은 이런 외로움 때문인지 밤이면 개구멍을 통해 밖으로 빠져나가 인근 민가에서 철모에다가 동동주를 받아오기도 했고 도토리묵을 사가지고 와서 향수를 달래기도 했다. 그리고 점차 분위기가 고조되면 내무반 한편에 놓여 있는 낡은 전축을 켰는데 그것이 바로 '빗줄기의 리듬'이었다.

마치 빗방울이라도 금세 떨어지듯 청아한 전주곡 다음에 들려오는 그 노래를 듣고 있노라면 마음이 평화롭고 그리움이 스며들었다. 물론 병사들이 그 노래를 꼭 듣고 싶어서 튼 것은 아니지만 레코드판이 그것 하나밖에 없다 보니 분위기만 무르익고 보면 그 노래를 틀었다. 제대할 때도, 신병이 들어왔을 때도, 휴가 갈 때도, 귀대할 때도, 시도 때도 없이 틀어댔다. 그런데, 다른 사람들은 몰라도 나는 그 노래를 들을 때마다 묘한 추억 속에 잠기곤 했다.

유년 시절 내가 살던 집은 울타리가 바로 대나무 밭이었다. 온통 큰집을 둘러싸고 있는 대나무 숲 때문에 나는 대나무 바람소리를 들으면서 성장했다. 밤새 사운대다 가는 대 바람 소리, 대나무 밭에 뽀얗게 떨어지던 달빛의 출렁거림, 그리고 대나무 숲에 몰래 자라고 있던 왕고들빼기 꽃, 대나무 덤불에

숨어 있던 이름 모를 새둥지를 몰래 발견했을 때 가슴 뛰던 경이로움 등.

그러나 무엇보다 빗방울과 바람이 어울려 만들어 내는 대바람 소리는 늘 나를 아늑한 동심의 세계로 이끌고 갔다. 아마 대나무에 스치는 바람소리만 없었다면 나는 시인이 되지 않았을지도 모른다. 그런데, 우연히 생각지도 않게, 낯선 병영에서 빗줄기의 리듬을 듣게 된 것이다. 나는 그 소리를 들을 때마다 까마득히 잊어버리고 있던 고향을 용케도 생각해냈다.

병영생활이 시작된 지 얼마 되지 않아 곧 겨울이 왔다. 추위에 문고리가 쩍쩍 달라붙고 내무반에는 톱밥 난로가 벌겋게 달아올랐다. 잿빛 하늘에는 하루 종일 하염없이 눈발이 휘날렸다. 밤으론 눈사태 지는 소리가 들리고 이따금 산 짐승소리도 들렸다.

바람은 어디 메 아득한 설원을 밤새껏 달려와 창문을 흔들어댔다. 그럴 땐 병사들은 고개를 웅크리고 말이 없었다.

날마다 눈 위에 다시 눈이 내렸다. 그리고 겨울은 긴 터널처럼 어둡고 길게 이어졌다.

유난히 춥고 긴 겨울이 가고 봄이 왔다. 산등성이에 쌓인 눈이 녹고 얼음장이 풀리자 막사 앞 실개천의 버들가지가 통통히 부풀어 올랐다. 그리고 눈 녹은 골짜기마다 진달래 꽃무더기들이 흐드러지게 피기 시작했다.

죽은 들판에도 푸른 싹이 움돋기 시작했다. 잔설이 녹은 자리에 아지랑이가 피어올랐다. 그렇게 온 대지에 봄꽃들이 앞

다투어 피기 시작할 때쯤 나는 새로운 임지인 서울로 올라왔
다. 그리고 그로부터 30년도 더 되는 시간들이 훌쩍 지나갔
다.

나는 지금 가을비 내리는 소리를 듣고 있다. 추적거리며 대
지에 내리는 둔탁한 빗소리에 귀를 기울이고 있다. 벌써 나뭇
잎들은 적갈색으로 물들고 창밖은 가을빛으로 완연하다. 나는
언제부터인가 비가 내리는 날이면 베개와 이불을 가지고 거실
로 나와 잠을 청하는 버릇이 생겼다. 응접실 문을 열어 놓고,
바깥 창문을 열고, 불을 끄고, 빗소리를 듣고 누워 있으면 그
렇게 마음이 평화로울 수가 없었다.

잠결에 스치는 빗방울 소리, 사운대다 가는 밤 바람소리,
무수히 나뭇잎에 내려 꽂혀 흐르는 잔물결 소리, 그리고 밤새
추적거리며 처마 밑을 때리는 둔탁한 빗방울 소리, 이런 소리
를 듣노라면 마치 어릴 때 잠결에 듣던 아늑한 추억의 한 장
면이 떠올라 그리움에 뒤척이기도 한다. 아, 누가 지난 시간
을 되돌릴 수 있을 것인가.

아내는 추운 곳에서 문 열어 놓고 자다 감기라도 들면 안
된다고 성화를 대지만 까짓 감기가 들든, 담이 걸리든 무슨
대수랴.

빗줄기의 리듬을 듣는 동안 나는 행복할 뿐이다.

구구새

길 건너 저쪽에서 이쪽으로 이사 왔을 뿐인데도 분위기는
달랐다. 길 저쪽 아현동 산 7번지 입구에 살았을 때는 풀 한
포기 없는 삭막한 도시의 골목길만 바라보고 살았는데 길 건
너 이쪽으로 와보니 사뭇 풍경이 달랐다. 잘사는 동네와 못사
는 동네의 차원이 아니라 여유와 몰 여유의 차이라고나 할까.
단순히 산자락 하나가 병풍을 치듯 동네를 둘러싸고 있을 뿐
인데도 푸르름은 삶을 풍요롭게 만들었다.

사람들은 이곳을 능안이라고 불렀고, 더러는 산 모양이 말
안장 같다 하여 안산鞍山이라고 부르기도 하였다.

그렇다고 정말 말안장 같은지, 아무리 이쪽저쪽을 살펴봐
도, 풍수지리에 눈이 어두운 나로서는 말안장이나 말머리 또
는 말 다리 어느 하나 말 비슷한 것이 없는 것 같았지만.

아무튼 이 동네로 11월 중순쯤 이사를 왔는데 창가에 있는

모과나무에 노란 단풍이 들고 있었다. 그리고 잠시 뒤 겨울이 오고, 말없이 눈이 내리고, 눈은 모과나무 헐벗은 가지마다 새하얀 눈의 이불을 덮어주었다. 길게 이어질 것 같던 겨울이 지나고 봄이 되자 몇 그루의 꽃과 나무에 새움이 돋았다. 그리고 새가 울고 홍매화가 피고 주차장 근처에는 하얀 목련이 꽃망울을 피워 올렸다. 그런데 그것보다 더 마음을 아늑하고 편안하게 해주는 것은 바로 집 근처 학교 담을 끼고 돌아가는 모퉁이에서 조석으로 울어대는 산비둘기 울음소리였다. 그 울음소리는 바쁜 도회 생활 속에 까마득히 잊고 살아온 아늑한 고향의 품을 생각나게 했다.

　나는 처음에 그것이 무슨 새인 줄 몰랐다. 어렸을 적에 산에 갔을 때 들려오던 소리였다. 처음 한번은 꾸욱하고 내뱉는 듯하고 나중 소리는 길게 들이마시듯 꾸르륵거리는 소리였는데, 그 소리는 심산유곡에 있는 듯한 착각이 들 만큼 그윽하고 평화로운 소리였다. 집사람도 조석으로 들려오는 새소리가 궁금했던지 저 새가 무슨 새냐고 물어봤을 때 나도 사실은 확실히 몰라서 '글쎄, 글쎄'를 반복하다가 부엉이가 아니면 올빼미겠지 했더니 '부엉이면 부엉부엉 하잖아요?' 하는 바람에 더 이상 대답을 하지 못하고 말았다. 그 말을 듣고 보니 아내의 말이 맞는 것 같았다.

　좌우지간 깊은 산속에서나 들을 수 있는 한가롭고도 평화로운 새의 울음소리를 듣는다는 것은 얼마나 행복한 일인가.

　그러던 어느 날이었다.

　안산이라는 산자락 밑에 있는 약수터에 가려고 집을 나섰는

데 예의 그 소리가 다시 들려왔다. 그런데 그것은 바로 집 앞
에 있는 학교 담벼락을 끼고 도는 전봇대 위에서였다. 길을
가다가 발을 멈추고 보니 그 신비한 울음소리를 내는 새의 정
체는 놀랍게도 비둘기였다. 아, 비둘기네 하고 내가 소리를
지르자 '정말 그러네요.' 하고 아내도 사뭇 놀란 듯 바라보았
다. 한참을 그렇게 우리 부부는 무엇에 감전된 듯 발길을 멈
춘 채 전봇대에 앉아 울던 비둘기를 보고 있었는데 사람 눈길
을 의식했는지 새는 이내 자리를 떠나 버리고 말았다. 집비둘
기보다 조금은 큰 듯하고, 빛깔은 회색빛으로 영롱했지만, 도
시 교각 밑에 집짓고 사는 비둘기와도 별반 달라 보이지 않았
다.

풀리지 않던 의문이 풀리기는 했는데 어쩐지 허전했다. 실
망스럽다고나 할까? 은근히 신비로운 자태를, 아니 그리고 생
전 보지 못했던 미지의 어떤 새를 생각했는데 기대가 어그러
졌다고나 할까.

그런데 어느 날 후배 황부일이 집을 찾아왔다. 황부일은 황
금찬 시인의 친조카로서 강원도가 고향인 수필가다.

거실에 앉아서 차 한 잔을 마시며 담소를 하고 있는데 예의
그 비둘기가 집 앞 전봇대에 앉아서 울고 있었다.

그때 황부일 목사는 "아니 목사님, 저 새가 여기도 있습니
까?" 하고 물었다. 놀랍다는 표정이었다.

나는 지나가는 말로 대답했다.

"응. 날마다 울어."

"어, 그래요?"

　강원도 산촌에서나 들을 수 있는 소리인데 도심 한복판이나 다름없는 이곳에서 듣는다는 것이 이상했던 모양이었다.

　"저거 말이야, 산비둘기야." 내가 말했다.

　"아닙니다. 비둘기가 아닙니다."

　"그럼 뭔데?"

　"구구샙니다."

　"구구새라니?"

　"우리 고향에서는 저것을 구구새라 하는데요."라고 말하더니 그는 단호하게 우겨댔다. 그의 고향은 강원도 정선이다. 언젠가 한번 그의 고향집에 함께 갔는데 -물론 이제는 남이 살고 있지만- 그는 고향집과 다니던 교회와 어렸을 때 멱을 감고 놀았던 시냇가와, 천렵했던 이야기와 집 주변 이런 저런 것들을 두루두루 보여 주면서 고향에 대한 이야기를 장황하게 들려주었다. 그는 정통 산골 출신이었다. 강원도에서 태어나 자랐기 때문에 그런 분위기는 너무도 잘 아는 사람이었다. 그런데 대뜸 그가 우기기 시작한 것이었다. 아니라고 했지만, 막무가내였다. 황부일의 고집을 누가 꺾으랴. 그런데 그때 마침 동석했던 한 사람이 "저것은 산비둘기가 맞습니다."라고 내 말을 거들어 주는 바람에 그는 더 이상 우기지 못하였다. 그래도 그는 못내 아쉬움이 남는지 "우리 고향에서는 구구새라고 하는데……"라며 연신 말꼬리를 흐렸다.

　그날 차 한 잔 마시면서 대충 이야기는 그렇게 끝을 내고 말았다. 그런데 그 뒤로도 산비둘기는 조석으로 집 앞 전봇대 위에서, 약수터 근처에서, 또는 산에서, 아늑하고 포근한 고향의 소리처럼 나를 행복하게 했지만 확실히 신비감이 덜한 것은 사실이었다. 그러다 문득 생각해 보니 차라리 구구새라고 하면 어떨까 하는 생각이 들었다. 그것도 괜찮을 성싶었다. 우는 소리에 맞추어 지어진 이름이 어찌 하나 둘인가 부엉이는 부엉부엉 하고 우는 바람에 부엉이, 소쩍새는 소쩍소쩍 하고 울어대므로 소쩍새, 까마귀는 본디 색이 검은데다가 우는 소리마저 까악까악 하므로 까마귀, 개는 멍멍이, 심지어는 개구리마저 개굴개굴 운다고 개구리라고 하지 않는가. 그렇다면 구구 울어대므로 구구새라고 하면 어떨까. 집비둘기와 구분도 되고, 더 제격에 어울리는 신비로운 이름이 아닐까 여겨졌다. 어차피 이름이야 사람들이 짓는 것이고 또 한두 개씩 이름을 더 가지고 있으니 말이다.

황부일이 억지로 우겨대던 구구새가 오늘도 약수터에 가려고 집을 나서는데 전봇대 위에서 구구하고 울어댄다. 한번은 숨을 내뱉듯 그윽한 목소리로 구구, 또 한 번은 숨을 길게 들이마시듯 꾸욱꾸욱 울어댄다. 마치 한적한 산속에 있는 듯한 신비한 소리로.

서울 도심 한복판에 살면서 심산유곡에서나 들을 수 있는 소리를 듣다니!

이 또한 내가 얻은 작은 행복임이 분명하다.

안산우거기鞍山寓居記

이곳 안산 자락에 산 지도 벌써 손에 잡힐 듯 먼 세월이다. 어린 자식들이 장성해서 결혼을 하고 다시, 그때 그만한 자녀를 낳았으니 어림잡아 사십 년 가까운 시간이 훌쩍 지나간 셈이다. 사람들은 이 동네를 능안이라 했고 동네 뒷산을 안산이라고 불렀다. 능안이라고 한 것은 이곳에 사도세자의 장남인 의소懿昭가 영조26년 세자로 책봉되었으나 불과 3세의 어린 나이에 세상을 떠나자 능을 쓴 곳이라 하여 그렇게 불렀고 – 물론 1948년 서삼능으로 이장했지만– 안산鞍山이라고 부르는 것은 능안을 병풍처럼 둘러치고 있는 산의 모양이 말의 안장과 같다 하여 부른 이름이다. 그러나 풍수지리에 눈이 어두워서인지 몰라도 이 범인의 눈에는 말의 안장 또는 엉덩이, 정강이 등등을 연관시켜 보았지만, 종래 이름과 닮은 뚜렷한 그림이 그려지지 않았다.

그러나 비록 전국적으로 유명세를 타는 산자수명한 곳은 아니지만 한참 동안을 맨 꼭대기에 있는 봉수대까지 헉헉대며 올라가다 보면 서울시내 이곳저곳 웬만한 동네는 다 조망할 수 있는데다 멀리는 북한산에서 아차산까지, 가까이는 남산에서 한강까지 보이니 도심 한복판에 이만한 산이 있다는 것이 유쾌한 일임에 분명하다.

내가 이 산자락을 떠나지 못하게 된 것은 무엇보다도 목회지에 가깝다는 이유 때문이었다. 그러나 또 다른 이유가 있다면 이 산이 주는 인장력 때문이다. 보이지 않은 이끌림으로 나는 40년 동안 다람쥐 쳇바퀴 돌듯 산 우측 동네에서 산 좌측 동네로, 또는 산을 마주보고 길 건너갔다 다시 길을 건너오는 세월을 보낸 것이다.

나는 원래 산을 좋아했지만 젊은 날에는 순전히 객기와 치기로 좋아한 것이어서 한겨울 야밤중에 군용텐트 하나를 짊어지고 산에 올라가 잠을 자고 새벽에 내려온다든지, 아니면 일정한 목표나 방향도 없이 오르내렸으니 산을 사랑하는 사람의 태도는 아니었다. 유산游山도 아니고 등산登山도 아닌 어정쩡한 생활은 일상에 쫓기면서 자연히 시들해져 버렸고 산도 역시 나에게서 멀리 떠나있었다. 그러다보니 가까이 산을 두고도 소 닭 쳐다보듯 살았는데 어느 날 갑자기, 목회에 서서히 지쳐갈 무렵인 모년, 모월, 모시 아내와 나는 무슨 큰 결단이라도 하듯 산을 오르기 시작한 것이다. 그렇게 발걸음에 물꼬가 터진 것은 바람 좋은 어느 봄날 갑작스럽게 된 것이고, 나는 산을 오르는 동안 서서히 잃어버린 나 자신을 회복하고 있었던 것이다.

산은 작았지만 꽃도 피고, 새도 울고, 바람도 좋았다. 더구나 이곳저곳 약수터가 많아 생활의 갈증을 씻어주었다. 봄이 되면 채 잔설이 녹기도 전에 양지바른 언덕배기를 비집고 남산제비꽃이 하얀 꽃망울을 터트리고 코티 분 냄새를 풍겼다. 그리고 그 뒤를 이어 진달래나 개나리 또는 벚꽃 등이 피고 벚꽃이 질 때쯤 해서 애기똥풀의 노란 꽃무리들과 산딸나무와 때죽나무의 하얀꽃이 만발했다. 숲에선 뻐꾸기가 울었다. 그리고 이어서 꿩, 산비둘기, 꾀꼬리, 딱따구리, 휘파람새의 맑은 울음소리도 들렸다. 그뿐이 아니었다. 오월로 들어서면 아카시아 하얀 꽃들이 눈 덮인 듯 온 산을 뒤덮고 향기가 길 건너 아현동 산 7번지 초입까지 밀고 내려왔다.

아침이면 약수터 마당에 배드민턴을 치는 사람, 맨손체조를 하는 사람, 참나무등걸에 허리방아를 하는 사람이 북적였다. 사람 냄새가 가득했다. 물론, 그간 변화도 많았다. 어느 핸가 홍수가 나서 산사태가 나는 바람에 약수터의 지반이 높아졌고, 약수터 한편에 허름한 집을 짓고 라면이나 막걸리를 팔던 노인이 죽고, 노인이 죽자 무허가 집이 헐리고 그 자리에 새로운 정자가 생겼다. 정자에는 소일거리가 없는 동네 노인들이 나와 화투표를 떼고 하루의 신수를 보거나, 낮잠을 자거나, 삼삼오오 모여 세상 돌아가는 이야기를 하거나, 삼겹살에 소주를 마셨다.

내가 처음 이곳에 올 때만 하더라도 산을 오르는 입구에는 단독주택들이 있어 봄이 되면 집집마다 목련이 피고 복사꽃이 피었다. 그런데 언제부터인가 한 채 두 채 집이 헐리고 목련이 포클레인에 찍혀 통째로 잘려나가기 시작하더니 낯선 시멘트 연립들이 들어서고 산을 가로막았다. 그뿐이 아니었다. 산자락 동네에 뉴타운 바람이 불기 시작하더니 재개발을 한다고 떠들어대고, 그리고 하나 둘 마을을 버리고 떠나기 시작하더니 이내 온 동네 사람들이 이삿짐을 싸들고 어디론가 뿔뿔이 흩어져버렸다. 마을은 빈집들만 가득했고 폐허처럼 을씨년스러웠는데 곳곳에 조합과 비대위가 생겨 플래카드를 내걸고, 벽보를 붙이고, 붉은 페인트로 낙서를 해댔다.

그 많던 사람들이 어디로 갔는지 알 수 없었다. 도회지에 살면 언젠가는 말없이 서로 떠난다는 것을 이미 알고 있었던 것일까. 인적이 끊기고, 밤이면 마을은 캄캄한 어둠속에 잠겼다. 그리고 몇 달이 지나자 철거반이 들이닥치고 집을 부수고, 허물고, 잔해들을 어디론가 부지런히 실어 나르기 시작했다. 동네는 순식간에 벌판이 되었다. 아무도 살지 않은 곳에 금시 잡초들이 돋아났다. 그런데 이상하게도 그 텅 빈 벌판 속에서 어디론가 흩어진 사람들이 하나씩 나타났다. 말은 하지 않았지만 사람들은 산을 떠나지 못한 것이다. 이사를 갔지만 산 주위를 맴돌면서 나처럼 산 좌측 동네에서 산 우측 동네로 또는 산을 마주보고 길 건너갔다 다시 길 건너왔다를 반복하고 있었던 것이다. 간혹 멀리 갔던 사람들도 다시 이곳을 찾아와서 기웃거리고 길거리에서 만나기라도 하면 고향사람을 만난 듯 반가워했다. 그리고 그 사람들은 사람들이 다 떠나버려 썰렁한 골목시장을 찾아와서 참기름을 짜거나, 알타리무를 사거나 아니면 자반고등어를 사들고 갔다.

사실, 알고 보면 서울에 사는 사람들도 아무 곳에나 살지 않고 한쪽에 터를 잡고 대대로 고향을 만들고 있는 사람들이다. 그러기 때문에 차마 떠나지 못하고 주변을 맴도는 것이 아닌가. 물론 나도 그런 사람들 중에 하나지만.

산에 기대어 살다 보면 계절의 변화를 뚜렷이 느끼게 된다. 봄이 깊어지는가 싶었는데 어느덧 무성한 여름이 오고 결코 쉽게 물러 갈 것 같지 않던 여름이 깊어지면 가을이 오고, 가을이 오면 단풍이 들고, 서리가 내리고, 기러기 떼가 날아오고, 그리고 곧 겨울이 온다. 그리고 겨울은 모든 사물들을 춥고 어두운 긴 터널 속으로 끌고 간다.

아아! 십년이면 강산도 변한다는데 이곳에 우거한 지 벌써 네 번씩이나 강산이 변했으니 이곳 역시 또 다른 나의 고향임이 분명하다. 물론 여기서 태어나고 자란 우리 자녀들이야 더 말할 나위가 없겠지만.

안산에 기대어 산 세월들은 행복한 시간들이었다. 정처 없는 삶의 고단함 속에서 가만히 내게 손을 내밀어 주었고, 한여름 더위에 갈증을 풀어주고, 계절이 오고 감을 알려주고, 지친 나에게 다가와 슬며시 등을 내밀어주던 산, 그리고 힘들고 막막할 때 늘 위로의 말을 건네주며, 나에게 안식의 큰 그림자를 내주던 산!

앞으로 사는 날 동안 또 어디로 장막을 옮길지 모른다. 그러나 어디로 가든지 이 지상에 무슨 특별한 곳 있으랴 싶다. 사람 사는 곳은 다 마찬가질 테니 말이다. 아마, 모르긴 몰라도 나는 이 산자락을 쉬 떠나지 못할 것이다.

나무늘보 세상

밀림에서 나무늘보가 죽지 않고 살아간다는 것은 경이로운 일이다

맹수가 득실거리고, 각기 살아가는 법이 기상천외하며, 신출귀몰한 그 세계에서 아직도 종이 멸절되지 않고 살아남은 것을 보면 경외심마저 느끼게 한다. 스피드가 생명과 직결되는 밀림에서 아무런 생명유지 수단도 갖지 못한 채 살아가는 것을 어떻게 이해해야 할 것인가

모든 생명체들은 살아가는 저만의 독특한 수단을 가지고 있다.

예를 들면 사자나 호랑이는 사나운 이빨과 발톱을 가지고 있고, 독수리는 하늘을 나는 날개가 있으며, 뱀은 독을 가지고 있고, 거북이는 딱딱한 갑옷을 가지고 있으며, 카멜레온은 보호색으로 적들을 기만하고, 스컹크는 고약한 냄새로 적들을 따돌리며 이도저도 아니면 사슴이나 노루처럼 삼십육계 도망

칠 수 있는 다리를 가지고 살아가는 것들도 있다. 그런데 어
찌된 영문인지 나무늘보는 아무런 대책도 없이 그 위험한 밀
림지대에서 살아남아 목숨을 부지하고 있는지 신비롭기 짝이
없는 일이다. 기껏 가지고 있는 것이라고 해봐야 두 개의 발
톱−물론 세 개짜리도 있지만−을 가지고 있고 그나마 그 발톱
이라는 것도 나무에 매달려 있을 때 필요한 것일 뿐 남을 공
격하거나 도망가는 데는 아무 쓸 짝이 없는 것이니 말이다.
행동거지가 느리기는 분속分速 이 미터에 불과하고 백 미터를
경주한다면 겨우 달팽이를 이기거나 비길 정도의 실력인데 그
정도 가지고 밀림지대에서 목숨을 보존하고 살아가는 것을 보
면 희한하다는 생각이 든다. 아니, 희한하다는 생각을 넘어서
사람 사는 세상보다 밀림 속 동물들의 세상이 더 살 만할 거
란 생각도 해 본다. 만물의 영장이라는 인간들의 살아가는 모
습에 비해 느린 자도 함께 살아갈 수 있고, 남을 해치지 않고
도 살아가는 그 모습이 거룩하기만 하다. 왜냐하면 인간들이
살아가는 세상에서는 결코 나무늘보 같은 인간은 존재할 수
없기 때문이다. 개인이나, 기업이나, 국가나 할 것 없이 냉정
한 약육강식의 법칙만 적용되는 세계! 그야말로 적자만이 생
존하는 곳이니 말이다.

　사실 인간들이 사는 세상은 어느 밀림 속보다도 위험하다.
남을 모함하고, 짓밟고, 가로막고, 상처를 주고, 배신하며, 죽
이는 것들이 다반사며 그러기 때문에 어떤 절벽보다도 위태하
며, 어느 빙판길보다도 미끄러우며, 어느 경주보다도 치열하
다. 조금이라도 느리고 뒤처지면 도태되어 사라지기 십상이고

오직 살아남은 자들의 축제만 있는 곳! 죽은 자들은 잊혀지고 무성한 봄풀처럼 새로 돋아난 사람들만 살아가는 낯선 곳이 바로 인간 세상 아닌가.

생각건대 나무늘보가 밀림에 살고 있었으니 망정이지 인간 세상에 있었다면 벌써 까마득한 옛날에 멸절되고 말았으리라. 느리거나 뒤처지면 생존할 수 없는 세상. 따라서 생존을 위해서는 무한 질주와 속도 경쟁에 뛰어들 수밖에 없는 현실을 누가 부인하랴. 좀 더 빠른 자동차, 좀 더 빠른 기차, 좀 더 빠른 비행기, 거기다가 좀 더 빠른 처리 속도의 컴퓨터, 그리고 좀 더 빨리 먹을 수 있는 패스트푸드에 이르기까지. 구약성경 다니엘이 본 환상 중에 마지막 때 사람들의 왕래가 빨라진다는 것은 이를 두고 한 말인가. 무한 질주와 무한 경쟁! 도대체 어디까지 가자는 것인지. 회전목마보다도 더 빨리 돌고 돌다가 아무도 모르게 블랙홀에 빨려 들어가듯 흔적도 없이 사라져 버리는 실존.

제1고속도로가 생기면 그 옆에 제2 고속도로가 생기고 그리고 금시 그 고속도로를 가득 메운 차량들을 보면 놀랍기 그지없다. 차량들이 늘어나는 것이 길 때문인지, 아니면 차 때문에 길이 늘어나는 것인지, 그것이 아니라면 인간의 욕망 때문인지 알 수 없다.

여행 중에 제일 재미없는 여행은 비행기 여행이다. 볼 수 있는 것은 구름과 태양밖에는 없으니 말이다. 거기에 비하면 자동차 여행은 산천경계를 구경할 수 있으니 비행기 여행에 비교할 수 없는 즐거움이 있다. 그러나 그보다 더 즐거운 것

은 자전거여행이며 자전거여행보다 더 유쾌한 것은 도보여행
이다. 걷고 만나고 함께 호흡하고 음미하고 존재를 확인할 수
있으니 말이다.

다행히 근자에는 느림보 바람이 불어 다행이다. 시간이 멈
춰 버린 것 같은 슬로우 시티와 슬로우 푸드와, 지역마다 조
성된 올레길이네 둘레길이네 자락길이네 하며 느림보 도보여
행이 뜨고 있는 것도 반가운 일이다. 만시지탄의 감이 있으나
세상이 이제 제 정신 드는가 싶어 감격스럽기까지 하다.

하루가 멀다 하고 바뀌는 전자 제품은 만든 사람의 수고는
차치하고라도 배우고 따라가기도 힘들다. 사람이 편히 살자고
한 일인데 불편하기 그지없다. 자동차 모델이 바뀌고 사양이
바뀌고, 패션이 바뀌고, 육상기록이 바뀌어 인간 탄환이란 말
이 나오고, 말이 바뀌고, 아이들의 유행가도 어찌 빠르고 급
하던지 무슨 소리인지 알아듣기도 힘들다. 어디를 향해, 무엇
때문에, 왜 그렇게 급히 달려가는지 알 수 없는 일이다. 가던
발걸음을 멈추고 스스로를 돌아보아야 한다.

친구를 한 번 만나려 해도 미리서 서로 날짜를 정하고 시간
을 정하고 장소를 정해야 한다. 너나 할 것 없이 무엇에 다들
쫓기듯 살아가고 있기 때문이다. 어릴 때처럼 문득 친구 생각
이 나 어느 때든 찾아가면 기별 없이 찾아온 친구를 반갑게
맞아주던 그때가 그립다. 그러나 그것은 옛날이야기이다. 불
시에 사립문을 밀고 친구가 찾아오는 일은 없을 것이다. 사립
문도 없을 뿐만 아니라 그런 일은 결례로 생각하기 때문이다.
유붕자원방래 불역락호 有朋自遠方來 不亦樂乎(멀리서 벗이

오면 즐겁지 아니한가) 라는 말은 별 의미 없는 말이 돼 버렸다. 한가하게 기다리는 친구도 없고 한가하게 찾아가는 친구도 없다. 미리 연락을 해야 하고, 그렇지 않고 찾아갔다가는 만날 수 없을 뿐만 아니라 미리 연락을 안했다고 핀잔이나 들을 일이니 말이다.

아아, 괴나리봇짐을 지고 쾌자 자락을 휘날리며 머흘한 영 넘어가는 조선시대 사람 하나 만나고 싶다. 아니면 푸른 청잣빛 하늘을 닮은 고려시대 사람 하나 만나고 싶다. 이상하게도 요즘은 그런 낯선 사람들이 자꾸 생각난다.

분속이 2미터며 백 미터 경주에서 겨우 달팽이를 이길 정도며 일주일에 한 번씩 똥을 누러 나무에서 내려오는 일 외에는 특별한 일 없어도 넉넉히 살아가는 나무늘보의 세상이 새삼 그리워진다.

꽃들의 영욕

꽃은 아름답다.

아름다울 뿐만 아니라 사랑스럽다. 그래서 사람들은 꽃을 심고, 가꾸고, 노래한다. 어찌 이뿐이랴. 꽃은 삶의 위로와 활력이 되고 사람을 행복하게 한다.

낯설고 긴 여행길에 만나는 한 송이 들꽃, 마음이 정처 없이 방황하고 있을 때 삭막한 도시의 담장을 따라 피어 있는 이름 모를 꽃 한 송이, 무료한 일상에서 지친 어느 날 문득, 만나게 되는 눈부신 오월의 장미에 이르기 까지…….

사람들은 이런 꽃들에게 저마다 이름표를 달아주고 있다. 백일동안 핀다고 해서 백일홍, 향기가 천리 밖까지 간다하여 천리향, 생긴 모양이 나팔 같다 하여 나팔꽃, 꽃모양이 마치 청사초롱을 닮은 듯하다 하여 초롱꽃. 노루귀를 닮았다 하여 노루귀, 그리고 해를 따라 돈다하여 해바라기 등.

그런데, 유감스럽게도 태어날 때부터 천덕꾸러기 대접을 받고 태어난 꽃들도 있다. 개나리, 개망초, 개불알꽃, 애기똥풀, 쥐오줌풀, 며느리 밑씻개, 오랑캐꽃 등.

개나리는 주지하다시피 봄을 알리는 전령사다. 진달래와 더불어서 온 산야를 노랗게 물들일 때 모든 사물들은 비로소 길고 추운 겨울잠에서 깨어난다. 그리고 개나리는 무엇이 그리 급한지 잎보다도 꽃이 먼저 피는 성급하고 사랑스런 꽃이다. 그런데 어인 일로 이 사랑스런 꽃 이름을 개나리라 하였는지. 물론 참나리도 있다. 그리고 아름답다 .그러나 아름답다는 것은 한 편이 더 낫다거나 더 못하다는 의미는 아니다. 서로 다른 아름다움이라는 뜻이다.

서양 사람들은 개나리를 골든 벨이라고 한다. 황금종이란 뜻이다. 정말이지 사랑스럽게 오밀조밀 피어난 샛노란 꽃잎을 들여다보노라면 앙증맞은 그 속에서 맑은 황금종소리가 들려올 것만 같다. 그런데 이름을 개나리라고 부르다니, 어찌 똑같은 꽃을 보고도 사람의 생각은 그렇게 다른가. 출처가 불분명한 채 입에서 입으로 전해져 내려오다가 어느덧 제 이름이 되어 버린 꽃들! 왜 인간은 한 송이 꽃도 피우지 못하면서 피어 있는 꽃들을 비하하는가.

개망초는 외래 귀화종이지만 이미 우리나라 산야에 적응하여 한여름 눈길 가는 곳마다 무리지어 피는 꽃이다. 산이나들, 어디든 하얗게 피어 붕긋한 향내를 피어 올리는 작열하는 태양의 꽃이다. 어디서 본 듯한 정겨운 모습도 좋고, 헐벗은 산야는 어디든 채워주는 국화과의 두 해 살이 풀이다. 그런데 우리는 왜 개망초, 또는 망국초라고 불러야 하는지. 자신도 모르게 나라 망한 죄를 뒤집어 쓴 채 십자가를 진 거룩한 꽃!

애기똥풀은 민들레와 오랑캐꽃이 진자리에 뒤를 이어 피는 양귀비과에 속한 두 해 살이 풀이다. 노란 꽃들이 무리지어 피어 마음을 즐겁게 하고 풍요롭게 하는 아름다운 꽃이다. 단, 꽃을 꺾었을 때 노란 진액이 나오는데 그 색깔이 마치 애기 똥과 같다 하여 붙여진 씁쓸한 이름이다. 그런데 사실 알고 보면 애기 똥이 아니고 꽃의 피다. 꽃대를 꺾어 노란 진액이 나오는 것이 있는 반면에 하얀 진액이 나오는 꽃이나 풀도 있다.

예를 들면 씀바귀나 고들빼기 또는 왕고들빼기, 상추, 무화과, 고무나무 등이다. 색깔만 다를 뿐 식물의 생명을 유지하는 혈액이다. 꼭 피는 붉어야 하는가. 어찌 인간과 피의 색깔이 같지 않다고 똥이라 할 수 있는가.

꽃을 눈으로 보지 못하고 손으로 꺾어야 직성이 풀리는 사람들, 그리고 그 수액을 보고 애기똥풀이라고 부르는 발상은 어디서부터 비롯된 것인가.

개불알꽃도 마찬가지다. 생김새는 개불알과 상관도 없을 뿐 아니라 초록 잎에 연보랏빛 꽃망울을 터트리는 순박한 풀꽃이며 쥐오줌풀도 척박한 땅 어디든 연한 붉은 빛으로 가지와 줄기 끝에 무리지어 피는 꽃이다.

그러나 무어니 무어니 해도 비하의 백미는 며느리 밑씻개이며 오랑캐꽃이다. 며느리 밑씻개는 양지바른 곳이면 어디든 잘 자라나는 마디풀과의 덩굴성 꽃이고 하얀 꽃봉오리에 분홍 색물이 든 청초한 꽃이다. 그런데, 그럼에도 불구하고, 이런 희한한 이름들이 아직까지도 아무렇지도 않게 불려오고 있는 것일까. 재미있다고 생각하는지 아니면 기왕 부르는 것 고칠 필요가 없다고 생각하는지 아니면 고부간에 갈등에 대한 분풀이로 제삼자인 꽃이 욕을 먹는 것인지 중심잡기가 힘들다.

오랑캐꽃은 또 어떤가. 제비꽃과의 다년생 풀이며 봄이 오는 길목에 피던 고향의 꽃이다. 그런데 어쩌다 오랑캐라는 누명을 쓰게 되다니. 오랑캐란 본디 우리나라를 자주 침범했던 북방 여진족을 칭하는 말이었고 그밖에 우리를 괴롭히던 이민족을 낮추어 부르던 이름이었다. 그런데 어쩌다, 왜, 누가, 꽃에다가 이런 이름을 붙였는지 알 수 없는 일이다.

사람들도 제 이름이 맘에 들지 않으면 개명청원을 하는데 만일 꽃들에게도 그럴 기회가 주어진다면 개명청원이 봇물을 이루지 않을까?

왜 사람들은 아름다운 꽃을 보고도 아름답다고 말을 하지 못하는가. 인간이란 본래 자기중심적 사고를 가지고 태어난 이기적인 동물이며 제 멋대로인 것이 사실이지만 꽃들에 대한 언어폭력이 지나치다.

그러나 뭐니 뭐니 해도 꽃 중에서도 가장 미움을 받고 학대를 받은 꽃이 있다면 그것은 겨레의 꽃인 무궁화일 것이다. 무궁화는 영원무궁토록 피어난다 하여 무궁화요 이 땅에 대대로 터를 잡고 피어나는 꽃으로 중국인들은 이를 보고 우리나라를 근역이라 하였고, 무궁화를 근화라 하였다. 그러나 일제는 이 꽃을 눈에 피 꽃이라 불렀고 이 꽃을 본 자마다 눈병이 걸리고 눈에서 피가 나며 스치기만 해도 피부병이 생기는 부스럼 꽃이라고 악선전했다.

성경에는 무궁화를 샤론의 장미라 하여 그 아름다움을 묘사했거늘 어찌 일본인들의 눈에는 아름다움이 부스럼으로 보였단 말인가. 이 또한 일본인들의 비틀어진 심성을 단적으로 보여준 것이라 할 수 있다. 민족혼을 말살시키기 위해서 꽃을 학대한 일본인의 야만성은 역사의 그 유래를 찾아볼 수 없는 희대의 만행으로 히틀러의 홀로코스트를 능가하고, 진시황의 분서갱유를, 네로황제의 로마 방화사건을 능가하는 만행이다.

한일 합방 이후 무단정치로는 도저히 조선을 빼앗을 수 없음을 알게 된 일본은 문화 말살정책을 펴게 된다. 그렇지 않고는 문화민족의 정복이 불가능하다고 보았기 때문이었다. 그래서 한글을 못 쓰게 하고, 한복을 입지 못하게 하고, 단발령을 내리고, 창씨개명을 하고, 무궁화 꽃을 없애기로 작정한 것이다. 따라서 눈에 보이는 대로 뽑아버리거나 불태우거나 사람이 잘 다니지 않는 헛간이나 돼지우리 옆으로 옮기거나 아예 보지 못하게 했으니 참으로 간교한 일이다. 사람에게 한 것이 아니요 꽃들에 지은 죄다.

반대로 국화나 벚꽃은 마치 자기들 것인 양 축제를 벌이고 황실문양을 삼고 대화 혼을 내세워 신주단지처럼 모시고 태평양전쟁에 죽은 가미가제 특공대가 야스쿠니 신사의 벚꽃으로 환생한다는 등 터무니없는 낭설을 퍼트려 벚꽃을 귀신나무쯤으로 만들고 있으니 인간의 야욕에 꽃들의 영욕이 엇갈린 셈이다. 물론 벚꽃이란 이미 제주도와 해남군 삼산면이 자생지인 것으로 판명이 났고 이에 대하여 1933년 일본 식물학자인

고이즈미 겐이치나 다카기 기요코도 일본 사쿠라의 기원이 제주도 왕벚꽃나무라는 것을 발표한 바 있으며 더욱이 독일 베르린 대학교의 코헤네 박사의 연구에서도 일본의 벚꽃은 한국 제주도 왕벚꽃나무의 디 엔 에이와 일치한다는 사실을 과학적으로 입증하였지만 일본의 억지는 한두 가지가 아니다.

　바야흐로 봄이 왔다. 인간의 학대에도 불구하고 금년 봄에도 어김없이 개나리와 진달래가 온 산을 물들이고 오랑캐꽃이 봄 언덕을 수놓고 있다. 개나리와 진달래가 지기를 기다려 벚꽃이 피고 벚꽃이 지기를 기다려 애기똥풀꽃이 노랗게 희망의 메시지를 전하고 있다.

　꽃들은 언제 봐도 사랑스럽다. 예쁘고 아름답고 천진난만하다. 가슴에 사람들이 무슨 이름표를 달아주든 상관치 않고 향기를 내뿜고 보는 이들을 행복하게 하고 즐겁게 하는 꽃들! 봄이 오는 길목에서 생각한다. 사람에게도 인격이 있듯이 꽃들에게도 품격이 있는데 꽃들이 입을 열어 말하지 않는다고 언제까지 무례한 이름표를 달아 놓아야 하는지를.

시간의 속도

단 한 번 88열차를 타본 일이 있었다.

벌써 30년 전의 일이다. 당시 초등학교에 다니던 아이들의 손을 잡고 놀이동산을 갔을 때였다. 우리 가족은 누가 뭐랄 것도 없이 줄지어 서 있는 사람들 꽁무니에 서서 우리 순서가 오기만을 기다리고 있었다. 그리고 얼마가지 않아 우리는 곧 열차를 타게 되었다. 88열차를 타기 전에는 단순한 호기심 때문이었고, 다른 사람들이 타는 모습을 보고 막연히 재미있을 거란 생각 때문에 이런저런 생각 없이 줄을 섰던 것인데 막상 열차를 탄 후 높은 곳을 오르는 모습을 보고는 아! 이거 잘못 탔구나 하는 생각이 번개처럼 머리를 스치고 지나갔다. 그런데, 그런들, 무엇하랴!

이미 활은 시위를 떠났는데 열차는 힘든 소리를 내며 천천히 높은 고갯마루를 오르기 시작했다. 그리고 아주 높은 꼭대기까지 오른 후 잠시 숨을 고르는가 싶더니만 쏜살같이 달리기 시작했다. 아니, 달린다는 것보다 위에서 아래로 수직으로 내리꽂힌다고 해야 정확한 표현이 될 성싶었다. 그리고 그것도 그냥 달리는 게 아니라 거꾸로 두 바퀴를 돌고, 다시 비틀면서 돌고, 그리고 마지막으로 한 번 더 꽈배기 꼬듯 돌더니만 서서히 홈에 도착하고 있었다. 순식간의 일이었다. 한 마디로 혼비백산! 정신을 차릴 수가 없는 시간이었다.

요즘 들어서 새삼 시간이 88열차와 같다는 생각을 실감하고 있다. 언제 이렇게 세월이 갔는가. 정말 눈 깜짝할 사이인 것 같다. 십대에는 그렇게 아득하게만 보이던 시간이 이십대가 되더니 마른장마에 비 내리는 듯 마는 듯 스쳐 지나가고 이어서 결혼하고 자식 낳고 목회전선에서 허둥대다 보니 한숨 돌릴 겨를도 없이 종착역에 들어선 기분이다. 문득 주자의 권학편에 나온 시 한 구절이 생각난다.

未覺池塘 春初夢
階前梧葉 已秋聲

연못의 봄풀은 아직 잠에서 깨지 않았는데
섬돌 가 오동잎은 가을을 알리는구나

지금 창밖에는 가을을 알리는 비가 내리고 있다.
다윗은 시편에 기록하길 세월이 가는 속도를 '베틀의 북 같다'고 했는데 요즘 들어 더 절실히 와 닿는 말이다. 흔히 말하기를 나이에 비례해서 시간이 간다고들 말한다. 십대에는 시

속 십 킬로미터로, 이십대에는 시속 이십 킬로미터로, 오십대
에는 시속 오십 킬로미터 등등. 이런 논리로 계산해 보니 나
도 이제 머지않아 고속도로 제한 속도에 해당될 수도 있겠다
는 생각을 한다. 십년이 하루아침이라고 하는데 몇 번의 하루
아침만 지나가면 글쎄 내 자신 존재 여부도 장담할 수 없으리
라.

과히 천하 만상에 제왕으로 군림하는 시간 ! 사람들은 그래
도 나이는 숫자에 불과하다며 애써 자위를 해 보기도 하고 늙
어가는 것이 안타까워 운동도 하고 단장도 하고 주름 제거 수
술도 하고 별의별 방법을 다 사용해 보기도 하지만 가여운 생
존의 몸집에 지나지 않는다.

옛날 희랍인들은 시계로 계산되는 크로노스와 전능자의 역
사가 있는 카이로스의 시간으로 구분해 보기도 하고 우주적
시간은 원(圓)이요 역사적 시간은 직선이요 실존적 시간은 점
이라고 했지만 그것도 역시 시간의 속도에서 탈출하는 해법과
는 거리가 멀다. 그렇다면 어떻게 살아야 할 것인가. 성경은
'세월을 아끼라' 하였다. 맞는 말이다. 세월을 아낀다는 말은
무슨 말인가. 돈이나 물질은 안 쓰고 모으는 것이 아끼는 것
이지만 시간은 부지런히 쓰는 것이 아끼는 것이 될 것이다.
그렇다, 우리는 시간을 부지런히 써야 된다. 물론 이 말은 허
비하지 말고 사용하란 뜻이다. 열심히 살아갈 때 시간을 아끼
는 것이다.

결혼한 딸이 오겠다고 연락이 왔다. 시집을 간 지가 엊그제
같은데 벌써 외손녀가 여섯 살이다. 처음 말을 배우기 시작할

때 나를 부르면서 "하배지 하배지" 하더니 지금은 똑똑한 음성으로 할아버지라고 부른다. 내가 벌써 할아버지가 되다니! 생소하던 그 소리도 몇 해가 지나니 정답게 들린다. 그래 나는 할아버지다. 네 열조중의 한 사람이며 너의 조부님이다. 요즘은 어딜 가도 호칭이 아버님이나 어르신이다. 지하철을 타거나 대중교통을 이용할 때 자리를 양보하겠다는 젊은이들을 심심치 않게 만난다. 그러나 자리를 양보하겠다는 것이 고맙기는 하지만 '벌써?'라는 생각에 다른 사람에게 비친 내 모습을 생각한다.

올해는 유난히 추석이 빠르다. 여름 더위가 채 가시기도 전에 추석이라는 소리가 들리기 시작하더니만 장마도 온 듯 만 듯 지나가고 벌써부터 사람들의 발걸음이 부산하다.

'왜 이렇게 추석이 빠르지?' 내가 묻는 말에 아내는 '윤달이 있어서 그런다나 어쩐다나.' 자기도 모르겠다고 시큰둥한 대답이다. 아내인들 어찌 세월이 가는 것을 알겠는가. 윤달이든 반달이든 알 필요는 없다. 열심히 살아 세월을 아끼면 되는 것 아닌가. 다시 한 번 권학편의 시를 되뇌어 본다.

未覺池塘 春初夢
階前梧葉 已秋聲

미각지당 춘초몽이요
계전오엽 이추성이라.

어리석은 새

새는 공중을 날 수 있는데 왜 사람은 날지 못하는가. 날개가 없기 때문일까.

그러나 날개가 있다 하더라도 몸이 무거우면 날지 못할 것이다. 바꾸어 말하면 날개가 있다고 다 나는 것은 아니라는 뜻이다. 새 중에서도 날개는 있지만 몸이 너무 무거워서 날지 못하는 새가 있으니 말이다. 타조나 펭귄, 그리고 칠면조, 거위, 그리고 신생대에 있었던 디아트리마가 그렇고 인도양 모리셔스 섬의 전설적인 새 도도새가 그렇다.

특별히 도도새의 경우는 따뜻하고 좋은 환경에 살면서 사방에 널려 있는 먹이를 먹고 몸이 무거워져 날지 못한 경우이다. 천적은 없고 날개는 있었지만 날 필요가 전혀 없어 한동안 태평성대를 구가하였다. 그러나 이 태평성대는 오래 가지 못하고 곧 끝나버리고 말았다.

비극의 시작은 1505년.

모리셔스 섬을 일단의 포르투갈 인들이 무역선의 중간 기착
지로 삼으면서부터였다. 섬에 상륙한 선원들은 손쉬운 사냥감
으로 도도새를 잡아먹기 시작했고 이후에 도착한 네덜란드인
들은 이곳을 유형지로 선택한 바람에 사람들뿐만 아니라 배에
함께 타고 온 개나 쥐, 돼지, 심지어 원숭이까지 유입이 되면
서 점점 숫자가 줄어들기 시작했다. 몸이 무거워 멀리 도망가
지도 못하고 날개가 있었지만 무용지물. 생명을 연장하는데
아무런 도움도 되지 못했다. 이런 이유로 도도새는 발견된 지
180년 만에 자취를 감추고 말았다.

사람들은 그 이후 포르투갈어로 '어리석다'는 뜻의 도도새라
고 부르기 시작했다. 원래 날 수 있도록 날개가 주어졌지만
땅에 속한 것만 바라보고 사는 바람에 날기를 포기한 비운의
새였다. 그러므로 인간이 날지 못하는 것은 단순히 날개가 없
기 때문이라고만 할 수 없을 것이다.

이 세상에서 가장 몸무게가 많이 나가는 동물이 무어냐고
묻는 다면 사람들은 대부분 코끼리나 고래 또는 하마쯤으로
대답할 것이다. 그러나 사실 가장 무거운 것은 인간이다. 다
른 생명체와는 달리 몸에 짊어지고 다니는 것이 많기 때문이
다. 생활에 대한 염려나 걱정, 근심, 등은 말할 필요도 없거니
와 탐욕과 시기와 질투, 미움, 교만 그리고 유별난 자존심과
이기심 등등 이루 헤아릴 수 없는 오만가지 것들을 다 짊어지
고 다니기 때문이다. 아마 모르긴 해도 온 우주에 이 짐을 다
풀어놓기도 힘들 것이다. 거기다가 백년도 못 살면서 천년 살
계획을 세우고 있으니 그 수많은 짐들은 가히 태산을 이룰 만

한 것이다.

또 손에 쥔 것은 얼마나 많으며 먹어도, 먹어도 욕망이란 이름의 허기를 다 채울 수 없으니 그 무게는 상상을 초월하리라. 누가 어리석은가. 도도새인가 인간인가. 이쯤에서 우리는 스스로에게 질문을 던져야 한다.

성경은 수고하고 무거운 짐 진 자들아 다 내게로 오라 내가 너희를 편히 쉬게 하리라 하지 않았던가. 그럼에도 물구하고 인간은 한사코 무거운 짐을 맡기기를 거부하다가 결국은 그 짐을 버리지 못하고 짐에 눌려 죽게 된다.

한때 시한부 종말론자들이 휴거에 열광하고 미칠 때가 있었다. 사람들은 직장을 그만두고, 가정을 팽개치고, 성도들은 자기 직분을 외면하고, 세상을 소란케 하였으나 결국은 종말로 예언한 시한은 불발로 끝나고 말았다. 물론 그 일로 교회는 도매금에 세상의 돌팔매를 당하는 힘들고 버거운 시간들이 있었다.

집을 팔고, 논을 팔고, 금은 패물을 팔고, 바친 돈을 교주는 챙겨 유유히 바람과 함께 사라져 버리고 사람들은 허탈감에 빠졌다. 난리가 한 번 휩쓸고 지나간 것 같았다. 그 일 이후 사람들은 휴거에 대해서 다시 생각하게 되었다.

휴거란 무엇인가. 기독교인들이 그토록 떠들어대던 진실은 무엇이며 과연 있기는 있는 것인가? 있다면 누가 휴거되며 휴거란 어떻게 되는 것일까라는 사회적 관심과 경각심도 커졌다.

휴거란 모년, 모월, 모시 이 지상에 마지막 종말이 오게 되고 재림주가 공중에 구름 타고 오실 때 하나님의 백성으로 선택된 자만 공중으로 끌어 올려가 공중에서 주를 만나는 혼인 잔치를 말한다.

이 휴거는 마치 자석에 달라붙은 쇠붙이처럼 이마에 인 맞은 자들만이 올라가는 것이다. 그렇다면 선택된 자는 누구인가. 고관대작들인가? 성직자들인가? 아니면 저토록 휴거에 열광하는 자들인가?

거두절미하고 정확한 성경의 해답은 몸이 가벼운 자들이다. 다 내려놓아 새털처럼 가벼운 사람들만이 훨훨 날아 공중으로 올라갈 것이다. 몸이 무거워도 하나님의 능력으로 덩달아 휴거될 거라고 생각한다면 그것은 큰 오산이다.

하나님은 기중기도 아니며 타워크레인도 아니며 유압기나 지게차는 더더욱 아니기 때문이다. 빛과 소금이 되는 생활을 하지 못한 채 세상 것에만 얽매어 살던 사람들이 어느 날 갑자기 뛰쳐나와 소란을 피운다고 휴거가 된단 말인가

가정이나 직장이나 교회나 주님 오실 때까지 열심히 땀 흘리고 수고하는 곳이요 성도들이 지켜야 할 자리다. 그런데 제자리 지키기를 거부하고 세상 밖으로 뛰쳐나와 소란케 한다고 공중으로 끌어올려 간다면 그것은 하나님을 오해한 것이다.

변화된 그리스도인의 생활을 외면 한 채 어리석은 도도새처럼 세상 것에 빠져 육신을 살찌운 자들은 미안하지만 자격이 없다. 휴거란 매달린다고 해서 되는 것이 아니고 울고불고 한다고 되는 것도 아니고 돈으로는 더더욱 불가능하다.

예수님이 바다 위를 걸으신 것을 보라. 부활하신 것이나,

구름 타고 승천하신 것이나 다 동일한 맥락으로 이해해야 한
다. 예수님은 초월적인 분이라는 사실에 앞서 모든 것을 버리
신 분이란 사실도 상기할 필요가 있다. 모든 것을 다 비워 새
털처럼 가벼우신 분, 공기 같으신 분, 아니 그보다 더 가벼우
신 분이 바로 예수님이시다. 결국 천국은 그를 닮은 자만이
갈 수 있는 곳이란 사실에 아무도 이의를 제기할 수 없으리
라.

이사

작년 가을 우리는 이사를 했다.

문자 그대로 엎드러지면 코 닿을 만한 거리인데 거의 10년을 넘게 살았던 집이 너무 오래 되고 낡아서였지만 그것보다도 동네에 재건축 바람이 불고 재건축 조합이 설립되었기 때문이었다.

물론 당장 철거를 해야 하는 것은 아니지만, 그리고 철거를 하려면 어림잡아 한 두어 해 동안은 더 기다려야 할지도 모르지만 그냥 서둘러서 이사를 한 것이다.

이사하기 전의 집은 사층 꼭대기였다. 어려서부터 이층 집, 그것도 길가로 줄줄이 창이 나 있는 집에서 살고 싶었는데 본의 아니게 사층 집에서 살게 되었으니 그 감개무량함은 말로 다 표현할 수 없었다. 길가로 창문을 열고 바라보니 동네가 손바닥만 해 보이고, 언제든지 이 도시에서 창만 열면 꽤 멀리 조망할 수도 있을 거란 생각에 마음이 들떴다. 아이들은 아이들대로 비록 비좁고, 낡고, 컴컴하기는 하지만 혼자만의 방이 있다는 사실에 매우 고무된 듯하였다. 그런데 우리의 생각은 이사 온 지 얼마 지나지 않아 보기 좋게 빗나가 버리고 말았다. 그것은 소음 때문이었다. 그 소리는 대부분 물건 파는 소리였는데 예를 들면 계란장수, 알타리 무 장수, 화장지 장수, 그리고 정기적으로 집 근처까지 와서 외치는 인천 먹갈치장수 등이었고, 더러는 시청 청소차에서 들려오는 '소녀의 기도'나 정화조 차에서 울려 퍼지는 '나의 살던 고향' 등이었다. 더더구나 밤에는 술 취한 사람들이 싸우는 소리와 차가 막혔다고 울리는 경적 소리, 가스통을 배달하는 오토바이들이 끊임없이 산 칠번지로 내달리면서 내는 소리 때문에 수험생이던 아이들은 견디다 못해 독서실로 발걸음을 옮겼고 집에서는 짜증을 냈다. 거기다가 다른 사람보다 유난히 후각이 더 예민한 아내는 고무 타는 냄새가 난다며 매번 가슴이 답답한 것을 호소했다. 고무 타는 냄새라니? 그런데 알고 보니 매연이었다. 슬라브 옥상은 여름에는 화덕처럼 화끈하게 달아올랐고, 겨울이면 차가운 시베리아 벌판으로 돌변했고 봄이 되면 중천장에 얼었던 물이 녹아 내렸다. 참으로 힘든 시간들이었다. 이사했다는 이야기를 듣고 상경하신 어머니는 하룻밤을 주무시더니 춥다 춥다 해도 이런 집은 처음이라며 서둘러 내려가셨다.

그런데 그간에 십년의 세월이 정말 눈 깜짝할 사이에 지나가 버린 것이다. 아내와 나는 밤새워 짐을 쌌다.

몇 가지 안 되는 것 같았는데 끄집어 내놓고 보니 끝이 없었다.

"이거 다 버리고 갑시다." 내가 단호히 말했다. 그러나 아내는 아쉬운 듯 슬며시 한쪽에 밀어놓았다. 아내가 버리겠다고 따로 치워놓은 물건들은 반대로 내가 다시 집어 들었다. 이삿짐을 싸는 일이란 버리는 것이고 마음을 비우는 일인 것을 미처 몰랐단 말인가? 아무튼 우리는 길 건너편으로 이사를 했다.

그런데 이삿짐을 풀어놓고 한숨 돌릴 때쯤 해서 재건축 이야기가 슬슬 돌아다니기 시작했다. 반대로 이사 나왔던 곳은 조합장이 돈을 먹었다며 구속됐고, 조합은 해산이 되고 흐지부지 끝나고 말았다. 이사 다니는 것이 힘들어 다시는 이사 다니지 않게 해달라고 기도했는데 다시 재건축 이야기가 들리니 마음이 심란했다. 그럼에도 봄이 되자 새로 이사 온 집 주차장 입구에는 목련이 피고 황매화 꽃이 피고, 누가 심어놨는지 한쪽으로 심어 놓은 고추모종에 새파랗게 이파리가 돋아났다. 이따금 전봇대에 앉아서 산비둘기도 울고, 오월로 접어들자 가까운 약수터에서는 아카시아 향기가 아침마다 동네로 밀고 내려왔다. 그와 때를 맞추어 재건축 이야기가 더 무성하게 들렸다. 시도 때도 없이 편지가 날아오고, 용적률이 상향됐다고 떠들어대고 비례

율이 높다며 부추기고 다니고 금방 떼돈이라도 벌 것처럼 설왕설래했다. 반대로 쭈꾸미집 하던 사람은 권리금도 못 받고 쫓겨나 자살했다는 소문도 흉흉하고, 담벼락마다 개새끼네 소 새끼네 하며 알 수 없는 낙서가 붉은 페인트로 그려지고 자고 나면 누군가 지웠다. 부동산 중개업소가 여기저기 몰려들어와 진을 치고 떡볶이 하던 가게 주인은 권리금도 못 받아 억울하다며 길가에 텐트를 치고 농성을 시작했다. 우리는 다시 또 이사를 생각했다. 그러나 집이 없었다. 마땅한 집은 가격이 천정부지고, 시원찮은 곳은 교회와 너무 멀었다. 밤새워 다시 짐을 꾸렸는데 역시 가을이었다.

충정로 길로 들어서니 가로수에 노란 은행잎 단풍이 반쯤 지고, 반쯤 매달려 있었다. 가까스로 얻은 전셋집 이었다. 그런데 지대가 높아 이삿짐센터에서 짐을 옮길 수 없다고 응짜를 놓았다. 나는 장롱을 버리기로 마음을 먹었다. 여기 저기 전화를 해보니 너무 커서 선뜻 가져가겠다는 사람도 없었다. 진퇴양난이었다. 아무튼, 우여곡절 끝에, 밤늦게까지 그 무거운 이삿짐을 끙끙거리면서 사층까지 맨손으로 옮겨야만 했다. 이삿짐센터 직원이 짐을 나르다 말고 친구하고 전화통화를 하는데 들어보니 "오늘 까대기를 만났다."고 했다. 뜻은 모르겠으나 무슨 소린가 짐작은 갔다. 그날 밤 늦게야 소란했던 이삿짐 운반이 끝났다.

집에 한 번씩 오르는 것이 마치 산을 오르듯 힘들었다.

한번 오르면 등산을 한 기분이고 식은땀이 났다. 비탈이 져 겨울에는 자동차가 헛바퀴를 돌고, 들고 나는 것이 서커스를 하듯 하여 차를 거꾸로 빼 다시 나갔다가 틀어 나가야 했다. 그리고 두어 해가 지났다. 그런데 여기도 다시 뒤늦게 뉴타운으로 포함되었다며 시끄러웠다. 이놈의 재개발이 온 국토를 거대한 시멘트 덩어리로 만들어 놓을 것인지 돌림병처럼 휩쓸고 다녔다. 비상대책위원회에서는 용달차에 확성기를 달고 동네를 돌았고 때로는 자전거 뒤에다 스피커를 달고 차가 들어갈 수 없는 골목 구석구석을 누볐다. 주로 내 재산을 지키자는 내용이었다.

여자였는데 당찼다. 남자들도 처음에는 반대하더니 다 돈 먹고 넘어갔노라며 남자들은 믿을 것이 못된다고 입에 거품을 물었다. 그런데 잠시 조용한가 싶었는데 이번에는 사람도 바뀌고 비대위 사무실도 바뀌었다. 남자들이었는데, 그 여자도 ―그러니까 지난번에 먼저 반대하던 여자― 그만 넘어가 버렸다고 하면서 삽질 한 번도 안 하고 삼백 억 원이나 썼다고 주민을 봉으로 아느냐고 나쁜 놈들이라고 쌍시옷 발음을 해댔다. 더러는 "찬성하는 놈은 다 외지인이여"라고 말했고, 반대하는 집집마다 붉은 깃발을 꽂고 다녔다. 온 동네가 붉은 물결로 펄럭였다.

나의 살던 고향은 꽃피는 산골이란 노래 가사를 고쳐 이곳에서 살고 싶다고 확성기를 틀었다. 붉은 깃발이 펄럭이는 동네는 긴장감이 돌았다.

　어찌됐든 다시 우리는 이사하기로 결심을 했다. 아무리 복덕방을 찾아다녀도 나온 집이 없었다. "왜 이렇게 집이 없어요?" 물어봐도 "글쎄요, 글쎄요."만 하더니 한 곳에 갔더니 "빤하지요, 글쎄 그놈의 뉴타운인가 뭔가 한다고 한꺼번에 저 난리를 치고 있으니 그 많은 사람들이 다 어디로 갑니까. 전셋집이 없을 수밖에 없지요. 미친놈들이여." 그 부동산에서는 졸속이요 탁상행정이라고 뉴타운 정책을 비난했다. 부지런히 다닌 보람이 있었던지 육 개월 만에 연락이 왔다. 지난번에 사다리차도 닿질 않아 고생한 것이 생각나 사다리차는 닿느냐고 물으니 "그럼요, 아파튼데요."라고 대답했다. 한 이십 년 됐는데 아직 괜찮아요. 주차장도 널널해요. 중개업자가 말했다. 아무튼, 그래서 다시 우리는 이삿짐을 옮겼다. 더러는 이년 동안 풀지도 않고 방 한쪽에 놔두었던 짐을 그대로 옮기기도 하였다. 한 달쯤 지나니 이삿짐이 대충 정리되었다. 그러던 어느 날 우연히 길을 가다 아파트 자치회장을 만났다. 그는 반갑다며 인사를 하며 길을 가면서 이런 저런 이야기를 해댔다. 이곳은 사통팔달이어서 교통의 요지라는 둥, 몇 해 전 홍수 때에도 주차장에 물 한 방울 들어오지 않은 명당이라는 둥 내가 회장하는 동안에는 투명하게 모든 일을 처리하겠다는 둥, 그러던 끝에 그는 불쑥 이런 말을 했다. "우리 아파트도 오래 되었으니 재건축을 해야 할 겁니다." 그는 말을 해놓고 슬쩍 나를 쳐다보았다. 내 대답을 기다리는 것 같았다. "재건축을요?"

반문하고 나는 반사적으로 또 이사 갈 것을 생각했다. "아이쿠, 지금 재건축해서 이익이 없어요." 그러자 그는 바로 말을 이어받아 "용적률을 높이면 됩니다."라고 했다. "그래도 그렇지요 일반분양이 안 되는데요. 조합원이 아니라도 얼마든지 조합원 가격 이하로 살 수 있어요." 분명하게 거부 의사를 밝혔다. 그러나 그는 완강히 고개를 좌우로 흔들더니 "그래도 해야 합니다." 신념에 찬 듯 말했다. 나는 더 이상 말을 하지 않았다. 그도 더 이상 말을 잇지 않았다. 그냥 우리는 걷다가 큰 길이 나오는 신호등 건널목에서 서로 헤어졌다.

이사를 할 때마다 나는 광야를 걷고 있다는 생각에 아득해질 때가 많았다. 때로는 집뿐만 아니라 주소, 책, 그리고 자식들의 뿌리까지 함께 뽑아 옮겨야 할 때도 많았으니까. 그것은 경험해 보지 않은 사람은 알 수 없는 상상을 초월한 중노동이었다. 적응하고 살던 곳의 모든 것을 한꺼번에 바꾼다는 것은 사람이든 나무든 힘들고 피곤한 일이다.

마지막 이사는 언제쯤 할 것인가. 정말 손으로 짓지 아니한 영원한 장막에 이르기 전, 이 지상에 맘 붙이고 살만한 집은 없는 것인가.

중심고攷

사람은 중앙이 되는 것을 좋아한다.

따라서 중앙이라는 말 만큼 선호하는 말도 없을 것이다. 학교 이름, 병원 이름, 가게 이름, 시장 이름, 거리 이름 등 할 것 없이 중앙이란 이름표를 자랑스럽게 달고 있다. 어찌됐든 이 말은 가운데 또는 중심이라는 말인데 단순히 지역이나 위치를 표시하는 의미 외에 중요한 또는 중심지라는 의미도 포함하고 있는 것이 사실이다.

더 나아가 중요하다든지 중심이라는 말은 일반적인 의미 외에 자존감이라든지 자기 현시욕이나 우월감까지 포함하고 있다. 그러나 다른 한편으로 보면 자기를 중앙의 자리에 놓고 그 밖은 변두리로 보는 발상도 있고 보면 이기적이요 편협한 발상이라 아니할 수 없다.

다시 말하면 자기 외에는 변두리요 들러리요 별 볼일 없다는 의미도 포함하고 있기 때문이다. 이런 이유 때문일까?

고대 그리스 인들은 그리스의 델피가 세계의 중심이라 주장했고 인도네시아 사람들은 인도네시아 섬 발리를 세계의 배꼽쯤으로 또 호주 원주민인 에버리진들은 자기들이 사는 작고 붉은 바위산인 울룰루를 세계의 중앙으로 생각하였다. 그러나 무엇보다도 백미는 중국이니 나라 이름을 숫제 중심지라는 의미로 지었으니 더 무슨 말이 필요하겠는가.

하나님께서 사람들의 이런 생각을 미리 아셨는지 지구를 둥글게 만드셨고 누구든 지상에 살고 있는 자는 중앙이 되게 하셨고 마음만 먹으면 중심이 되게 하셨다. 즉 모든 사람들이 자존감을 가지고 살게 하신 것이다.

만약 지구가 네모나거나 삼각형이거나 비틀어져 있다고 한다면 문제는 사뭇 달랐을 것이다. 중앙에 사는 사람과 변두리에 사는 사람 또는 한쪽 모퉁이에 사는 사람 또는 높은 곳에 사는 사람과 낮은 곳에 사는 사람은 대단히 불공평했을 테니 말이다. 그뿐 아니라 거주 환경에 따른 지역 편차라든지 지역 감정은 상상을 초월했으리라.

그러나 하나님께서는 지구를 둥글게 하셨을 뿐만 아니라 회전하도록 하시므로 모든 사람에게 빛과 그늘을 주시고 낮과 밤을 주셔서 평등케 하셨으니 이 또한 놀라운 은혜일뿐이다. 그러나 이런 은혜 가운데는 한 가지 조건이 선행되어야 한다. 그것은 바른 자세이다. 즉 하늘을 향해 바로 설 때에 중심이 되게 하신 것이다. 자세가 틀어졌다든지 비스듬하다든지 엉거주춤하다든지 하면 중심과는 거리가 멀어지게 하신 것이다. 물론 여기서 말하는 바른 자세란 제식훈련의 자세를 말한 것이 아니요 삶의 자세를 말하는 것이다. 하늘을 향한 인간의 자세가 바로 되어야 한다는 뜻이다. 윤동주 시인은 일찍이 그의 서시에서 '하늘을 우러러 한 점 부끄럼 없기를 잎새에 이는 바람에도 나는 괴로워했다.'고 노래하므로 하늘을 향한 인간의 삶의 자세가 어떠한 것인가를 말해 주고 있다. 또 성경 빌립보서 4장 1절에 보면 '내 사랑하고 사모하는 형제들아 주안에 서라'고 권면하고 있다. 인간은 척추동물이요 직립보행을 한다. 머리를 하늘을 향해 직립보행을 하는 인간에게 바른 자세란 인간됨의 기본 수칙이다.

우리 주변에는 뼈가 바로 되지 못한 질병으로 고생하는 사람들이 많다. 뼈가 틀어졌거나 휘거나 하는 척추 측만증으로 고생하는 사람들을 흔히 볼 수 있다. 물론 여러 가지 원인이 있겠지만 근본 원인은 잘못된 자세에 있다. 그리고 오랫동안 잘못된 자세가 고쳐지지 않고 고착화되었기 때문이다.

인간을 희랍어로 '안드로포스'라고 한다. 이 말의 뜻은 위를 바라보는 존재란 뜻이다. 즉 인간존재 이유를 내포하고 있다. '위를 바라보는 자만이 바로 서게 될 것이다. 또 바로 선 자만이 지구의 중심이 될 수 있고 지구의 중심이 된 자만이 존귀한 자가 될 것이다.'라는 뜻이다.

중심이네, 중앙이네, 한 가운데네 자기중심적 이야기를 한다고 중심이 되는 것은 아니다. 사진을 찍을 때 중앙에 앉는다고 되는 것도 아니고 바리새인처럼 회당의 상석에 앉는다고 존재가치가 높아지는 것도 아니다. 중앙이 되고 싶은 자는 하나님 앞에 바로 서야 한다. 그것이 바로 중심이 되는 길이다.

캄보디아의 별빛

어머니!

포이펫, 씨스폰, 앙코르왓 이런 낯선 이름들 사이로 비가 내립니다. 이틀 동안이나 쉬지 않고 내리는 비는 금년 봄에 심어 논 감나무 어린 싹을 흠뻑 적셔줄 듯도 합니다. 격정의 순간들이 한번 지나간 후인지 하늘이 더욱 푸르러 보입니다. 내전의 비극이 휩쓸고 지나간 캄캄한 캄보디아 들판에도 머지 않아 새 날의 여명이 밝아오겠지요.

간밤은 자정이 훨씬 지나서야 태국 국경도시에 도착했습니다. 마땅히 쉴 곳도 없고 하여 차에서 웅크리고 앉아 빨리 후 덥지근하고 이 어두운 밤이 지나기를 기다렸습니다. 그리고 날이 밝아오자 우리는 선잠에서 깨어난 나른한 몸을 일깨우며 주섬주섬 짐들을 챙겨들고 나섰습니다.

국경이라고 해봐야 군인들이 삼엄하게 경계를 서는 것도 아니고, 살기어린 눈빛들이 번득이는 것도 아니고, 들판을 가로 지르는 철길과 건널목에 그저 구멍가게만한 초소가 있고, 초소에 차단기 하나가 길을 절반쯤 가로질러 있는 것뿐입니다. 그리고 이쪽 초소를 지나 저쪽 비자 발급을 받는 곳까지 기역자로 꼬부라진 길에 비자 내주는 사무소가 있는 빨간 지붕이 있는 집과 그리고 그 대각선에 캄보디아 비자 발급 사무소가 있는 것이 국경의 전부인 듯합니다. 그리고 그 국경을 사이에 두고 우리식으로 하면 비무장지대처럼 완충지역이 있어서 서로가 물물 교환하는 장마당이 서 있을 뿐입니다. 그리고 그 게딱지처럼 따닥따닥 붙어 있는 장마당에는 세계 어느 곳에서나 전쟁이 휩쓸고 간 자리에 어김없이 등장하는 군수품, 예를 들면 야전침대며, 씨 레이션, 츄잉껌과 초콜릿, 양담배, 그리고 배낭이나 항고 같은 물건들이 어설픈 민속 공예품 그리고 광주리 가득 싣고 온 열대 과일들과 서로 어우러져 땡볕에 엎디어져 있습니다.

우리 일행이 머뭇거리며 낯선 풍경들을 돌아보는 동안 국경문이 열렸습니다. 그리고 우리는 일제히 비자를 발급해 주는 장소로 이동했습니다. 차에서 내린 후 줄곧 우리를 따라다니며 구걸하던 애들과 등이 휘도록 대나무 광주리에 물건을 가득 담은 채 부산히 움직이는 맨발의 소년들과 넝마조각을 얼기설기 매단 수레들과 그리고 우리의 짐을 수레에 싣고 가는 나이 어린 소녀와 더불어 국경을 넘었습니다.

문이 열리자마자, 거대한 행렬들이 마치 기다렸다는 듯이 이곳에서 저곳으로 다시 저곳에서 이곳으로 넘어 가기도 하고 넘어오기도 하였습니다. 우리는 외국인들이 비자를 받기 위해

줄지어 서 있는 동안 부지런히 물건을 머리에 이고 나르는 아낙들과 짐을 가득 실은 수레, 그리고 하릴없이 몰려다니는 아이들의 깡마르고 검게 탄 무수한 얼굴들의 호기심어린 눈동자와 마주쳤습니다. 우리 일행의 짐을 실은 수레를 끌고 온 아이는 열세 살쯤 되는 소녀였습니다. 헝클어진 머리칼, 깡마른 체격, 땟국이 흐르는 남루한 옷차림의 유난히 까만 눈만 커 보이는 아이었습니다.

시스폰으로 가는 낡은 겨울옷을 실은 구호품을 가득 싣고 수레를 끌고 가는 여자 아이의 뒤를 따라가면서 마치, 한국전쟁이 끝난 후 구호품을 지게에 지고 가던 남루한 옷차림의 짐꾼 뒤를 따르던 유난히 큰 체구의 백인을 생각하면서 까닭 없이 죄스러운 마음이 들기도 하였습니다. 그러나 용케도 그 여자아이는 이미 그런 일에는 이골이 나있는 듯 능숙하게 몸을 이리저리 놀리면서 우리보다 먼저 국경을 넘어가 기다리고 있었습니다. 비자 업무를 담당하고 있는 경찰은 한 두세 사람쯤 된 듯하였지만, 주변에는 아무 하릴없이 어정거리는 사람들이 있었고, 일처리는 느리고 한없이 지체되었습니다. 한 사람은 왔다 갔다 하고 좀 지위가 높은 듯한 상급자는 담배를 피워 물고 의자를 뒤로 한 채 삐딱하게 앉아 있고, 정작 일보는 담당자마저도 가끔 벌떡 일어나 밖으로 나갔다 오기를 반복하였습니다. 아무튼 아침 아홉 시 반이 되기도 전에 국경문 근처에서 기다리다가 이제는 거의 정오가 다 되어 간 듯합니다. 그리고 우리 일행은 정오가 되어서야 가까스로 통과의례를 끝내고 다시 한 마장쯤 걸어서 캄보디아 국경 마을에 도착하였습니다.

이곳이 시스폰으로 가는 길목인 듯합니다. 둥그런 로터리를 중심으로 빈 수레와, 시끌로, 오토, 그리고 좌판을 늘어 논 장사 등 수많은 사람들이 북적거리고 있었습니다. 별반 물건도 없는데 사람만 가득히 넘쳐난 느낌입니다. 우리 일행은 대기하고 있던 버스에 올랐습니다. 창밖으로는 낯선 풍경들이 스치고 지나갔습니다. 아직 포장이 되지 않은 도로 양편에 더위에 지친 원두막 같은 집들이 졸고 있고, 부겐빌리아 붉은 꽃들이 황토 먼지를 뒤집어쓴 채 흐드러지게 매달려 있습니다. 간혹, 동네를 어슬렁거리는 개들과 엉덩이뼈가 앙상하게 드러난 소들이 폭염 속에서 풀을 찾고 있고, 마을 어귀 진흙 웅덩이 사이로 돼지들이 비집고 들어가 누워 있는 모습도 보였습니다. 흔들거리는 차 속에서 우리는 졸다 깨다를 반복하다가 드디어 우리가 가고자 하는 선교지에 도착했습니다.

그리고 선교지에서 짐을 풀고 예배를 드렸습니다. 한 두어 시간은 털털거리며 달려온 듯합니다. 가져온 겨울 헌옷가지며, 책, 볼펜, 그리고 이런 저런 물건을 쌓아놓고 겨우 터를 파고 붉은 벽돌 몇 장 올라간 들판에서 찬송을 부르고 기도를 하였습니다. 땡볕 아래서 예배를 드리는 동안 줄곧 땀이 등줄기를 타고 흘러 내렸습니다. 이곳의 겨울은 ―물론 겨울이라고 할 것도 없지만- 영상 13도에서 80여 명이나 얼어 죽은 동사자들이 생겨난다고 하니 참으로 놀라울 뿐입니다. 어쩌면 저체온증이 아닐까 생각됩니다. 그래서 여름에는 아무거나 걸치고 다닐 수 있지만 가엾게도, 가난한 나라라 겨울옷이 없었던 것입니다. 교회와 학교는 터 파기 공사가 끝나고 이제 겨우 시작이지만 하나님의 역사와 인도하심이 있기를 위해서 기도했습니다. 무더위와 싸우며 예배를 드린 후 우리 일행은 점심도 거른 채 앙코르왓을 향하여 출발하였습니다. 물론 너무 강행군이어서 처음에는 그곳에 가느냐, 마느냐로 설왕설래한 끝에 내려진 결론입니다.

예상했던 대로 가는 길은 멀고 험했습니다. 가도 가도 끝없는 황토길, 가도 가도 끝없는 더위, 비포장도로에 차는 심하게 흔들렸고 곳곳에 크고 작은 나무다리들이 있는데 낡고 노후 되어 차도 살금살금 때 아닌 살얼음판을 건너는 느낌이었습니다. 자동차의 에어컨은 작동되었지만 그저 눅눅한 바람만 뿜어낼 뿐 답답해서 창문을 열면 황토 먼지가 날렸습니다. 자동차는 오래 되고 스프링이 망가졌는지 나무의자처럼 딱딱하고 덜컹댔습니다. 처음 출발할 때 선교사에게 여기서 거기까지 몇 시간이나 걸립니까? 하고 물어봤을 때 한 네 시간쯤 걸려요 하던 대답만 믿고 갔는데 네 시간이 지났는데도 우리 일행이 탄 차는 여전히 알 수 없는 방향을 향해 달리고만 있었습니다. 단지, 앙코르왓을 가는 동안 수많은 사람들을 빽빽이 실은 경운기나, 보닛이 날아가 버린 화물차, 또는 수레를 만났습니다. 거기에는 마치 콩나물시루에 콩나물이 밖으로 튀어나오기 직전처럼 많은 사람들이 타고 있었는데 눈곱만한 아이에서부터 어른까지 남자 여자 할 것 없이 가득 매달려 있었습니다. 그리고 그들 대부분은 손에 손에 비닐 물주머니를 들고서 던져댔습니다. 쏭푸람축제! 바로 물축제 기간입니다. 일주일씩이나 계속되는 이 기간 동안에 사람들은 너나 할 것 없이 손에 손에 물을 들고 다니면서 서로 던져대기도 하고 가끔 물 호수를 아예 거리로 끌고 나와서 지나가는 사람이나 차에 끼 얹기도 하였습니다. 아침부터 저녁까지, 그리고 다시 저녁부 터 아침까지, 소리를 질러대며 물 뿌리기에만 여념이 없는 사 람들을 볼 때 참으로 혼란스러웠습니다. 가도 가도 끝없이 우 거진 야자수 넓은 들판에 사람은 그림자 하나 보이지 않았습 니다. 땡볕이 내리쬐는 빈 들판만 누워 있을 뿐 씨 뿌리는 자 도 없었고, 김매는 자도 없었고, 물론 추수하는 사람도 없었 습니다. 왜 이런 물 축제가 있는지 이해할 수 없었습니다. 오 랫동안 외세에 시달려온 피지배자의 울분을 삭히기 위한 것인 지, 아니면 숨 막히는 더위와 찌든 가난을 식혀줄 시원한 물 줄기가 필요했는지, 아니면 그들의 말대로 축복하는 것인지 알 수 없는 일입니다. 그러나 분명한 사실은 하루 종일 밥만 먹으면 차타고 돌아다니며 일주일씩이나 물주머니만 던져대는 사람들을 이해하기가 힘들었습니다.

어디를 가나 더위에 지친 무표정한 눈빛들, 검게 탄 피부 들, 그리고 크고 깊숙한 눈빛들입니다. 아마, 그들은 삶에 지 쳐 있는 듯도 합니다.

점심도 거른 채 앙코르왓을 향했던 우리들은 오후 다섯 시 쯤이나 되어서 앙코르왓을 끼고 있는 도시 씨엠리업에 도착 하였습니다. 그리고 차는 곧장 호수를 끼고 달리다 사원 입구 에 도착했습니다. 거의 대여섯 시간쯤 차로 달려온 듯합니다.

1860년 프랑스인 앙리 무오에 의하여 발견되어 세상에 알려지기까지 600년 동안을 밀림 속에서 태고의 신비를 간직한 채 잠들어있던 앙코르사원!

저 화려하고 장엄한 석조 건물이 씨엠리업 사방 64킬로미터에 달하고 있지만 지금도 계속적으로 발굴되고 있다니 그저 놀라울 뿐입니다. 유네스코에서는 이미 세계문화유산으로 지정했고 이 하나만 가지고도 이 나라를 찾는 관광객이 한 해 백만 명을 넘는다니 그 가치를 짐작할 만하지요? 앙코르왓의 모든 부분들은 모두 돌입니다. 돌기둥, 돌다리, 돌계단, 그리고 창틀 석축에 이르기까지. 돌도 그냥 돌이 아니고 사방 300킬로미터 이내서는 구경할 수도 없는 크고 방대한 돌덩이로 만들어진 정교한 조각품입니다. 창틀, 창문 사이사이까지 세세히 조각된 문양과 문자를 새겨 넣어 의미를 부여했고, 사원 전체가 통일된 하나의 조각품으로 화려한 모습이었습니다. 아쉬운 점은 군데군데 허물어진 부분과 시멘트로 땜질한 부분이었습니다. 넓고 긴 돌로 된 보도 위에는 외국인 내국인 할 것 없이 관광객들이 넘쳐나고 있었습니다.

거의 8세기에서 13세기에 이르는 500년의 세월을 지내면서 지어져온 거대한 석조 건축물인 앙코르 유적지는 이곳 말고도 룰루오스 지역에도 있다 합니다. 초기에 지어진 룰루오스 지역은 크메르 지역의 첫 번째 수도였으며 씨엠리업에서 약 25키로미터 가량 떨어진 곳입니다. 그리고 현재의 앙코르 지역은 앙코르 왕국이 쇠퇴한 13세기 무렵까지 세계적인 도시를 이루며 영화를 누렸던 곳입니다. 앙코르 유적지는 비단 캄보디아만이 아닙니다. 국경 넘어 태국이나 중국 그리고 베트남이나 라오스 등 인접 국가에서까지 유적들을 발견할 수 있을 만큼 넓은 곳에 광범위하게 산재되어 있습니다. 그러나 이 앙코르 왕국도 과도한 공사로 인한 국민의 불만으로 국력이 쇠약해졌고 국력의 쇠약은 왕국의 몰락으로 이어진 것입니다. 결국 아유타야의 침입을 받게 되고 그로 말미암아 수도를 프놈펜으로 옮김으로 한 시대를 구가하던 문명의 날개를 접게 된 것입니다. 그래서1860년까지 거의 600년의 세월 동안 긴 잠에 빠져 있었습니다. 참으로 역사의 아이러니를 보는 듯합니다.

그리고 마지막 앙코르 왕국은 –어느 왕국이나 마찬가지지만 –자야바르만 7세 이후 주변국들, 예컨대 베트남과 태국의 틈 바구니에서 이중으로 조공을 바치며 비참하게 몰락해 버리고 말았습니다. 그리고 왕조가 몰락한 이후 세계의 열강들이 야욕을 품고 들어왔습니다. 그래서 먼저 프랑스의 지배를 받았고 가깝게는 일본의 식민지 야욕에 희생되었으며 종국에는 내전으로 인한 동족상쟁의 비극을 겪게 된 것이지요. 우리 일행은 한 달이나 되어야 다 볼 수 있다는, 그리고 유럽인들은 앙코르 유적지를 보기 위해 평생 돈을 모아 저축한다는데 바쁜 일정에 쫓겨 서둘러 내려왔습니다. 크고 작은 50개의 석탑이 서 있는 바욘, 나가를 틀고 있는 아수라, 전쟁 모습을 보여주고 있는 부조, 다섯 개의 뱀 머리를 가진 돌기둥을 뒤로 한 채 긴 보도를 내려왔습니다. 멀리 수미산을 상징하는 중앙탑이 석양에 우리를 배웅하는 듯도 합니다.

대나무에 찹쌀을 채워놓은 대통밥으로 늦은 점심을 호수가

보이는 길가에 앉아 때우고 우리는 서둘러 다시 대기하고 있
던 차에 올랐습니다. 더 많은 시간, 자세히 보지 못한 아쉬움
이 마음속에 자리하고 있었습니다. 올 때 시스폰에서 황토길
비포장도로로 털털거리며 달려온 대여섯 시간을 우리는 다시
되돌아가야 합니다.

주변은 이미 어둠이 내렸습니다. 밤이 되어서도 보닛이 없
는 트럭에 콩나물시루처럼 사람들은 빼곡히 타서 돌아다니고
확성기 소리를 귀가 아프도록 틀어놓고 다니는 등 소란스럽기
그지없었습니다. 해가 지자 전기 사정이 좋지 않은지 바로 사
방은 깜깜한 어둠에 잠기고 우리는 다시 흔들거리는 차에 몸
을 맡겼습니다. 더러는 잠을 자고, 더러는 잠을 이루지 못한
채 어둠속에서 명상에 잠긴 듯도 합니다. 간간히 나직한 말소
리도 들립니다.

어머니!

얼마쯤 왔는지 밤하늘에 별이 가득합니다. 캄캄한 밤하늘에
영롱한 별들이 마치 유리구슬을 풀어 놓은 듯 반짝이고 있습
니다. 서울에서 흔히 볼 수 없는 아름다운 정경입니다. 무지
와 가난이 공존하고 있는 어두운 캄보디아 밤하늘에 그래도
움트는 저 아득한 희망의 별빛들!

그렇습니다. 저렇게 많은 희망의 별들이 있는 한 어두운 이
땅에도 머지않아 밝은 새날이 오겠지요. 우리 일행은 자정이
되어서야 겨우 캄보디아 국경 근처에 있는 허름한 여관에 여
정을 풀었습니다. 벌써 잠을 자지 못한 지 이틀째입니다. 우
리들은 내일을 위하여 서둘러 잠을 청하기로 하였습니다.

흑과 백

"앞으로 차를 사시려거든 흰색을 사세요. 아니면 검정색을 사시든지 그러면 파실 때 삼십만 원을 더 드려요."

"왜 그래요?"

"글쎄 우리도 잘 몰라요. 사람들이 그냥 찾으니까요."

낡은 중고차를 팔던 날 중고차를 사러온 중고자동차 매매소 직원은 친절하게도 그런 말을 남긴 후 떠났다.

흰색이 아니면 검정색을 사라, 그러면 삼십만 원을 더 준다는 말이 귓가에 맴돌았다.

자동차를 사고파는 사람도 잘 모르는 백색과 흑색의 근원은 어디서부터 비롯된 것인가. 신비로운 일이다.

나는 문득 이판사판이라는 말을 떠올렸다. 또 죽기 아니면 살기라는 말도 생각났고, 좌우지간이라든지, 양단간이라든지 하는 말도 생각났다. 우리가 아무 생각 없이 무의식적으로 쓰고 있는 말인데 혹시 그 속에 우리들의 삶이 녹아 있는 것은 아닐까.

아무튼 우리나라 사람들은 예로부터 흰옷을 즐겨 입는다. 그래서 백의민족이라고 말하기도 한다. 그런데 왜 우리 민족이 흰옷을 즐겨 입는가에 대한 설명은 아직 없다. 그냥 그렇다고 생각하는 것뿐이다. 구태여 이유라면 설명할 수 없는 이유가 있다고나 할까.

반면에 저승사자가 등장할 때는 어김없이 검정색 옷을 입고 나타난다. 삶과 죽음에 대한 확실한 색의 구분을 가지고 있는 징표다. 또 우리 미술인 동양화를 보면 보편적으로 흑과 백으로만 세상을 그려내고 있다. 그 때문일까? 아무튼 이런 저런 배경의 디, 엔, 에이가 그대로 유전된 것인지도 모르지만 어찌됐던 우리나라 사람들은 모든 것을 양극단으로만 생각한다. 그래서 무엇을 하든지 죽기 아니면 살기로 하며 중간은 없다.

명절을 보내는 것도, 운동경기를 하는 것도, 집을 짓고 공사를 하는 것도, 정치를 하는 것도 보면 목숨을 내걸고 사생결단을 하듯 한다. 물론 이것이 꼭 나쁜 것만은 아니라고 보지만 그 결과 남과 북이 갈라져 오랫동안 분단국가로 남아 있는 것이 아닌가 유추되기도 하는 부분이다. 쓸쓸한 일이다. 또한 이런 연유에서 기인하는 것인지 모르나 삶과 죽음의 경계도 확연하다.

자살율도 세계 제1위이고 또한 이혼율도 세계 제1위이다. 좋은 것이 1위이면 좋으련만 불명예스럽게도 좋지 못한 것이 1위여서 문제다.

　이데올로기도 다른 세계 모든 국가들이 냉전시대의 유산쯤으로 여기고 국가의 이익을 따라 보수와 진보, 아니면 중도좌파나 중도 우파를 선택하지만 우리나라에서만큼은 아직도 좌우간의 문제를 조상 죽인 원수쯤으로 여길 정도이니 국민정서와 무관해 보이진 않는다.

　따라서 이 나라에서 살기 위해서는 흑과 백이 분명해야 한다. 만약 이것이 분명치 않으면 어느 한편의 미움과 질시를 받게 되거나 단체에서 도태되기 십상이다.

　물론 이렇게 된 것은 혹자는 동족상쟁의 비극 때문이라고 말하는 사람도 있으나 어디 동족상쟁의 비극이 우리에게만 있었던 것인가. 미국도 남북 전쟁이 있었고, 영국도 잉글랜드와 스코트 랜드와 아일랜드 간의 전쟁이 있었으며, 월남도 남북간의 전쟁이 있었고 중국도 전쟁이 있었다. 그럼에도 유독 우리만 이념의 노예가 되어 분단국가로 남은 것을 어떻게 설명해야 할 것인가. 그리고 해방 이후 70년이 넘는 시간 동안 평행하는 두 직선이 되어 하나 되지 못하는 것을 뭐라고 해야 할 것인가.

　태극기의 형상도 유별나다. 국기는 그 나라를 상징한다. 미국 국기의 별은 오십 개 주를 상징하고 이스라엘 국기는 다윗의 별을 상징한다. 영국은 유니온 잭이고, 캐나다는 아름다운 단풍잎을 나타내고 대만의 청천백일기나 중국의 오성기 홍기나, 할 것 없이 단합을 나타내며 미래지향적이다. 그러나 태극기만은 주역을 바탕으로 한 음향오행이다. 주역은 사실 중국에서 출발한 것이다. 그것에 심오한 뜻이 담겨져 있다고 하지만 단순한 상징적 의미로 볼 때 정중앙의 남과 북은 다른 색깔로 확연히 구분되어 있음을 주목해야 한다. 태극문양은 우리에게만 있는가. 그런 건 아니다. 주역의 영향권에 있는 모든 아시아 국가들은 태극문양을 알고 있으며 사용하고 있다. 그러나 그렇다고 그들은 그것을 우리처럼 신봉하는 것 같지 않다.

요즘 들어 더 우울한 소식들이 자주 들려온다.

한강에는 28개의 다리가 있는데 그 중에 제일 자살을 많이 하는 다리는 마포대교란다. 우리 집에서 직선거리에 있는 가까운 다리다. 살 길을 가는 사람보다 죽음의 길을 선택하는 사람들이 점점 늘어가는 듯하다.

높은 아파트에서 뛰어 내리고, 다리 위에서 뛰어 내리고, 조사를 받다가 비리 혐의가 드러나기도 전에 죽음의 길을 선택하고, 심지어는 이 나라 대통령도 억울함과 수모를 견디지 못하여 자살로 생을 마감했으니 더 무슨 말이 필요하리요. 최근세에 대통령이 자살한 나라는 우리나라밖에 없을 것이란 생각을 한다. 물론 그분은 이 나라의 인권과 민주화를 위해 크게 공헌한 분이지만.

도자기를 만들어도 중국의 화려한 채색이나, 유럽의 그것들과는 다르다. 청자나 백자나 단색이다. 그리고 그 한 가지 색이 500년 이상 되는 왕조를 대변하는 색이 된다. 고려청자라든지 조선의 백자로 회자되는 색이 바로 그것이다. 좀처럼 중간에 다른 색이 끼어들 틈을 주지 않은 채 한 왕조와 운명을 같이하며 지금도 그 색의 재현을 위해 수고를 마다하지 않는다.

　결국 자기가 스스로 만들어 논 도식에서 자유하지 못한다는 것은 스스로가 노예가 되는 길을 선택하는 것의 다름 아니다. 스스로 만들어 논 고정 관념의 틀을 깨고 나오는 자만이 진정한 자유인이 되리라.

　"자동차를 사려거든 흰색이나 검정색을 사세요."

　때때로 자동차 중고 매매업소 직원의 말이 생각난다. 그리고 슬그머니 갈등이 생기기도 한다. 맘에 들진 않지만 돈 얼마 더 받기 위해서 검정색이나 흰색을 선택해야 할 것인가 말 것인가. 사실, 내 마음 내 자신도 모른다.

본향 가는 길

금년 봄 인천에 있는 중국인거리를 갈 기회가 있었는데 어느 음식점 입구 기둥에 이런 한시가 씌어 있는 것을 발견하였다.

江碧鳥逾白 山靑花欲然
今春看又過 何日是歸年

강물 푸르고 나는 새 희구나 산은 푸르고 꽃은 불타는 것 같다
금년 봄이 또 지나가니 어느 해 고향에 돌아가리

대략 이런 내용이었다. 두보의 향수라는 시였다.
봄을 재촉하는 바람도 불고, 빗방울도 간간히 떨어지는 날이었다.

나는 생각지도 않은 두보의 시를 만난 감격으로 한동안 망연히 그 시를 바라보고 있었다. 바닷바람을 맞은 채 꽤 오래토록 서 있었다고 기억된다.

고향에 대한 그리움은 어느 개인의 것이 아니다. 모든 사람들은 어머니의 품과 같은 아늑한 고향을 꿈꾸며 살아간다. 비단 인간뿐일까. 수구초심이란 말이 있듯이 여우도 죽을 땐 머리를 제 태어난 굴을 향하며, 연어도 때가 되면 피곤하고 먼 대양을 휘돌아 고향으로 돌아오며, 나비도, 새들도, 수만 리를 날아 찾아오고 나무나 풀도 제가 태어난 곳을 떠나기 싫어 흙을 움켜쥐고 있지 않은가.

특별히 목회를 하다 보면, 명절 때는 어김없이 교인들이 썰물처럼 빠져나간다. 그리고 다시 며칠이 지나면 밀물처럼 몰려온다. 귀성과 귀경 전쟁! 이는 연례행사처럼 반복되는 일이다.

내가 어렸을 때 명절 풍경은 소리로부터 시작되었다. 어느 집에선가 먼저 떡방아 찧는 소리가 들리면 연이어 이곳저곳에서 쿵더쿵 쿵더쿵 방아 찧는 소리가 동네마다 들리기 시작하고 마음이 설렜다. 밤으론 다듬이질 소리도 요란해지고, 점점 둥그렇게 달이 밝아오고, 부산한 사람들 모습 속에서 명절이 가까이 오는 것을 느꼈다.

아이들은 쥐불놀이 깡통을 돌리고, 밤으론 동네청년들은 하릴없이 동네를 배회하며 '오동추야 달이 밝아'를 목청껏 불러댔다. 그런데 요즘은 소리는 사라졌지만 대신 자동차의 흐름을 보면서 명절이 온 것을 느낀다. 분주히 움직이는 도심의 자동차의 흐름, 그리고 반복되는 정체, 그러다 마침내 고속도로를 가득매운 차량의 행렬을 보면서 명절이라는 것을 피부로 느끼게 된다.

아무튼 명절이 가까워 오면 교인은 예배시간이 끝나기가 바쁘게 무엇에 쫓기듯 황급히 자리를 뜬다. 그리고 어떤 사람은 벌써 명절이 한 주간이나 남았음에도 불구하고 귀성열차를 타고 가노라고 말하고 사라지고 어떤 이는 이삼 일 전, 그리고 당일이라도 밤을 새워 달려간다. 마치 이를 위해서 태어난 듯, 아니면 명절을 세고 죽을 사람들처럼 움직인다.

추석이 지나면 설날을 기다리고 설날이 지나면 다시 추석을 기다리며 사는 사람들, 열 시간이 되어도, 스무 시간이 되어도, 하룻밤을 꼬박 새우는 한이 있더라도 기를 쓰고 달려가는 사람들, 물론 그들의 최종목적지는 고향이다. 나는 때때로 그런 생각을 한다. 귀성 행렬은 예수님이 옆에 있다 한들 말릴 수 없을 거라고. 물론 그것은 잘못됐다는 것이 아니라 고향을 사모하는 마음이 유별나다는 뜻이다.

성경에도 고향에 대한 부분이 많이 등장한다. 다윗은 그 치열한 전쟁의 와중에서도 자기가 어렸을 때 마시고 자란 예루살렘의 우물물을 잊지 못하여 병사들을 시켜 물을 떠오라고 하였고, 병사들은 목숨을 걸고 적진에 뛰어 들어가 물을 길어 가지고 온다. 정말 정신없는 왕이다. 아무리 우물물이 생각 난다기로서니 그런 무모한 일을 어떻게 시킬 수 있는가.

그러나 막상 물을 떠오자 그는 물을 마시지 않는다. 생명을 담보로 한 물을 마시는 것은 곧 병사들의 피를 마시는 것과 같다고 느꼈기 때문이다. 늦게라도 알게 되어 퍽이나 다행스런 일이라 여겨지는 대목이다.

그러나 이런 것이 다윗에게만 있는 것은 아니다. 그 이전에 아브라함의 경우도 마찬가지다. 그는 고향 갈대아 우르를 떠나 가나안 땅에 정착하게 된다. 그리고 기근이 들자 바로 나일 강을 끼고 있어 비옥한 토지가 많았던 애굽으로 이주하게 된다.

애굽에서 얼마간의 세월을 보낸 그는 다시 가나안 땅으로 돌아오는 긴 여정을 보낸다. 그리고 그의 아들 이삭이 결혼할 나이에 이르자 종 엘리에셀을 고향으로 보내 자부를 얻어오도록 한다. 그는 믿음의 조상이 되었지만 참으로 험난한 세월을 보냈다. 그도 인간인데 어찌 힘들고 어려울 때마다 고향 생각이 나지 않았겠는가. 어머니의 품처럼 아늑하고 따사로운 고향을 늘 그리워했을 것이다. 그리고 그역시 고향에 돌아가고 싶은 마음도 있었을 것이고 마음만 먹으면 얼마든지 갈 수 있었을 것이다.

그런데 그는 고향으로 돌아가지 않았다. 어차피 나그네 길 인생이며 언젠가 돌아가야 할 영원한 집이 있다고 믿었기 때문이다. 그는 평생 고향을 그리워만 하다가 영원한 본향인 하늘나라로 갔다.

나는 초등학교 6학년 1학기를 마치고 여름방학이 되어 아버지가 공직생활을 하고 계신 영광으로 간 것이 계기가 되어 고향을 떠나게 되었다. 갑작스런 이향이었다. 처음에는 부모님과 함께 살게 되어 좋았다. 그러나 날마다 고향집이 눈에 어른거렸다. 눈을 감으면 고향집 대문이 보이고, 사랑채가 보이고, 사랑채 굴뚝 옆에 자주색 겨울국화가 눈을 맞아가며 피던 모습이 보이고, 목단과 작약과 유자나무와 배롱나무가 보였다. 아, 그것뿐이 아니었다. 우리 집에서 세를 살던 봉춘이네 똥개 베루가 보이고, 거지 쌀봉이가 보이고 늘 우울한 구름을 뒤집어쓰고 있던 월출산 천황봉이 보이고 밤에는 대숲에 이는 바람소리가 들렸다.

그러나 집에 가는 것은 불가능했고 낯선 고장에서 낯선 아이들과 어울리면서 조금씩 조금씩 고향은 잊혀져 갔다.

그런데 사실 아주 잊혀진 것이 아니어서 때로는 꿈속에서 불쑥거리면서 나타나기도 했고 경자, 준채, 형태, 재남이 그리고 함께 모여 달밤에 깡통 차기를 하던 아이들이 생각나 한동안 망연히 추억 속에 잠기곤 했다.

내가 고향을 찾은 것은, 그로부터 꽤 오랜 시간이 경과한 후였다. 나의 첫 번째 시집이 나올 때였다. 어느 옛 시인은 오백 년 도읍지를 필마로 걸어든다 하였건만 한낱 우울한 언어를 조종하는 시인이 된 채 한권의 시집을 가지고 달려간 고향! 그곳은 인걸도 없었고 산천경계도 사라지고 없었다. 내 놀던 옛 동산은 허물어져 있었고 우물은 연탄재로 메워지고 황매화도 유자나무도 해당화도 사라지고 담은 무너져 흔적도 없었다.

집은 온통 대나무 뿌리와 칡넝쿨로 가득 덮여 있었다. 외양으로 보면 영락없는 흉가. 그 흉가의 모습을 한 그곳에서 나는 한 낯선 사내가 살고 있는 것을 발견하게 되었다. 내가 조심스럽게 사랑채문을 열고 집으로 들어갔을 때 놀랍게도 낯선 사내의 음성이 들렸다. 그 소리는 다소 경계하듯 그리고 외부 침입자에 대한 두려움으로 가득한 음성이었다.

"누, 누구요?" 내가 "당신은 누구냐?"고 되묻자 그는 스스로 관리자라고 자처했다. 얼굴은 창백하고 오랫동안 깎지 않은 듯한 수염으로 길게 덮여 있었다. 그는 한동안 나를 물끄러미 바라보더니 "누가 공짜로 살라고 해도 사는 사람이 없어서……"라고 조심스럽게 입을 연후 내 표정을 살폈다. 그는 금방 부엌 쪽에서 무슨 빨래라도 하고 나온 듯 고무장갑을 낀 손에서 연신 물방울이 떨어지고 있었다.

"퍽 오래된 모양이지요?" 나의 물음에 "주인이 살고 있지 않아서……"라고 변명하듯 다소 엉뚱한 대답을 하고 있었다. 그리고 그는 내가 방문한 목적을 말했더니 긴장을 풀면서 이런저런 이야기를 해댔다. 자기 아버지가 면장을 했다는 둥, 우리 삼대 조부님 소실이 살던 집이 불이 났다는 둥, 그리고 죽은 준혁씨네가 이 집의 땅을 먹으려고 대밭 쪽으로 울타리를 내질러 쳤는데 땅 한 평도 가지고 갈 수 없는 사람이 욕심만 부렸다는 둥, 경자도 죽고 또 누구도 죽고 누구는 행방불명이 되었다는 둥 그는 듣기에 따라서는 다소 엉뚱한, 아니 바삐 살면서 까마득히 잊고 살았던 고향 사람들의 이야기를 들려주었다.

그의 말을 들으면서 몇 년 전에 불이 났다는 빈 집터와 그리고 칡넝쿨과 대나무 뿌리가 어지럽게 얽혀 있는 뒷동산과 군데군데 남아있는 주춧돌을 바라보면서 집을 서서히 걸어 내려왔다. 문간채에 있는 늙은 팽나무 그늘까지 따라온 그에게 나는 시집 한 권을 가방에서 꺼내어 불쑥 내밀었다.

"아니, 이것을 나에게 주십니까?"

그는 다소 놀란 듯 물었다.

"네."

"아니, 그냥 주십니까? 이 귀한 것을……?"

그 말을 듣고 놀란 것은 내 쪽이었다. 시집을 보고 놀라다니 시집이 귀한 줄 알다니, 역시 놀란 눈으로 나는 그를 보았다. 우리 -그 사내와 나 - 는 한동안 말을 잇지 못하다가 작별인사를 하고 서로 돌아섰다.

넓은 신작로로 나오자 어떻게 알았는지 동네 아주머니 두 사람이 반겼다.

"아무개 동생 아닌가요? 그때 우리 승일하고 같은 반인 것 같은데."

그들은 오랜 시간 동안의 일들을 또렷하게 기억하고 있

었다. 그리고 그들은 말을 이었다.

"그 집에 그 미친놈 있습디여?"

"미친놈이라뇨?"

"아, 그 장가도 안 가고 혼자 살고 있는 새끼 말이요."

"혼자 살고 있었군요." 나는 고개를 끄덕였다.

"글쎄 뭔 지랄을 헌지 혼자서 그 집에 자빠져 있으니 사람들이 무서워 가보지도 못하고……."

동네 아낙들은 둘이서 마주보며 알 수 없는 말을 해댔다.

"개새끼여……."

내가 만난 그 사내에 대하여 말하는 것 같았다. 그들은 내가 그곳을 떠나 보이지 않을 때까지 손을 흔들어 주었다. 그때 나는 언뜻 천황봉을 덮고 있는 구름이 서서히 벗어지는 것을 목격하였다.

그 후로 나는 몇 년 동안 고향의 퇴락한 정원과 반쯤 무너져 내린 안채와 음울한 분위기의 사내와 그에 대하여 말하던 아낙들의 알 수 없는 이야기들을 생각하며 다시 바쁜 일상 속으로 빠져들어 갔다.

다시 내가 고향을 찾은 것은 첫 번째 방문 이후 십여 년이 훌쩍 지나서였다. 어느 날, 불현듯 다시 고향을 찾게 되었다. 이때는 아내와 함께 했다. 봄날이었고, 바람이 불었다. 가랑비가 내리다 다시 해가 뜨다 말다 하는 등 오락가락하는 날씨였다. 아내가 그토록 궁금했던, 그리고 결혼 후

한 번도 가본 일이 없던 그곳을 함께 가게 된 것이다. 아내와 나는 문간채와 사랑채 그리고 본채를 연결해 주는 돌층계까지만 올라가 사진을 찍었다. 그리고 이미 퇴락한 그리고 무너진 안채를 멀찍이서 보고만 나왔다. 그리고 걸었다. 향교 앞과 고샅으로 연결된 교동리 월출산 아래 선산가는 곳과 그리고 초등학교 앞에 있는 학교다리 근처까지였다. 나는 계속 중얼거리고 아내는 잠자코 듣고 있었다. 산림녹화를 해야 나라가 잘 산다는 선생님 말씀을 듣고 학교 앞산을 지키려고 나무꾼들과 매일 싸움했던 일, 다리 밑에 큰물이 져 빠져죽을 뻔했던 일, 태풍으로 천막을 치고 공부했던 일, 흙벽돌로 지은 교실이 바람에 흔들릴 때마다 선생님이 책상 밑으로 숨으라고 말했던 일, 태천봉이 이 근처며 겨울에는 무지하게 추웠고 옛날에 우리 논이 있었던 자리라는 둥, 이 길로 쭉 올라가면 용치폭포가 있고 큰 골이 있고 작은 골이 있으며 삼학 년 때 다리 밑에서 상배하고 싸웠던 일, 그 후 상배는 고향에서 택시 운전기사가 되었고 저쪽 길로 가면 해창이고 목포로 가고, 벚꽃길이 엄청 예쁘다는 둥 이미 벚꽃은 지고 논밭에 청보리가 새파란 그곳을 바라보면서 두서없이 이야기를 해댔다.

그러나 공허했다. 옛날 그대로인 것은 아무것도 없었고 아는 사람도 없었다. 고향은 이미 낯선 곳이 되어 있었다. 내 맘속의 고향은 이미 이 지상에는 없는 것이거늘 나는 무엇을 찾기 위해 낯선 곳에서 헤매는가. 부질없다는 생각이

들기도 했다. 그러나 그럼에도 불구하고, 나는 살아가는 가운데 몇 번이나 더 잊지 못하여 잠 못 이루는 밤을 뒤척일 것인가 생각했다. 뒤숭숭한 귀향길이었다.

사람이 죽으면 구멍이 일곱 개 뚫린 칠성판에 누인다. 그것은 기독교 신앙은 아니지만 기독교인들도 언제부터 전래되어 왔는지 모르는 이 방법을 따르고 있다. 하기야 사람이 죽으면 어찌 맨바닥에 뉘일 수 있겠는가. 그래서 나무판 위에 올려놓는데 이를 칠성판이라고 한다. 사람이 북두칠성으로부터 왔으니 다시 북두칠성으로 되돌아간다는 뜻이다.

누가 처음 말하였을까. 사람들이 저 아득한 별나라에서 왔다는 사실을. 참으로 소박하면서도 아름다운 생각이다. 물론, 여기서 말하는 북두칠성이 성경에서 말하는 천국은 아니지만 복음을 모르고 살다 간 조상들은 사람이 아득한 별나라에서 왔다는 것을 본능적으로 알고 있었다면 이거야말로 위대한 발견이 아닌가 생각된다. 그래서 사람이 죽으면 죽었다고도 하지만 돌아가셨다고 한다.

이는 왔던 곳으로 다시 되돌아갔다는 뜻이다. 명절이면 열일을 제쳐놓고 떼 지어 내려갔던 사람들이 다시 떼 지어 돌아오는데 설레는 마음으로 고향에 찾아가 봐도 이삼 일이 지나면 평생을 살 수 없다는 것을 금방 알아버리기 때문에 다시 돌아오게 되고 그러다가도 힘들고 답답한 세상 살아가다 지치면 다시 고향을 그리워하는 것은 아닐까.

매년 동일한 일을 마르고 닳도록 해대는 사람들!

아, 그러고 보면 다윗의 무모함도 이해되고 아브라함의 나그네길 인생도 이해되리라 본다.

신약을 대표하는 바울, 그도 역시 이미 천국시민권을 가진 자라 했으니 이는 고향을 그리워하는 차원을 넘어 이 세상은 나그네길이며 영원한 본향을 향하여 가는 것을 알고 있었던 것이다. 돌아갈 곳이 있는 나그네는 좀 힘들고 어려운 일이 있다 하더라도 별문제가 되지 않는다고 생각했기 때문인가. 그는 그 힘들고 험난했던 세월을 오히려 기쁨과 감사로 살아갔던 사람이다.

창세기 마지막 장은 야곱 일족이 애굽으로의 이주와 요셉이 세상을 떠나는 것으로 대단원의 막을 내리고 있다. 야곱은 말년에 총리대신이 되어 출세한 그의 아들 요셉이 있는 애굽으로 간다. 요셉은 아버지 야곱을 친히 인도하여 바로 왕 앞에 소개한다. 바로가 물었다. "네 나이가 얼마뇨?" 야곱이 대답하기를 "나그네 길의 세월이 130년이며 험난한 세월을 살았습니다. 그러나 내 조상들의 나그네 길에는 미치지 못합니다."라고 대답했다.

세상 사람들이 보기에는 아들이 총리대신이 되고 물질도 많고 자녀손도 많아 성공한 사람쯤으로 볼 수 있겠지만 한사코 그는 나그네 인생이라고 말했다. 물론 자신뿐만 아니라 조상들의 삶도 나그네 삶이었다고 증명하고 있다. 철저하게 세상은 잠깐 거쳐가는 나그네길이요 영원한 본향은 따로 있다는 이야기이다. 위대한 신앙의 인물들은 다 이렇게 살았다.

　세상에 어느 민족이 우리나라처럼 명절을 보내는 사람들이 있는가. 서양에도 나라마다 각기 다른 명절이 있지만 대부분이 축제일이요 가족과 즐기는 날에 지나지 않는다. 또 멀리 가족과 함께 휴양지에 휴가 가는 날쯤으로 여기고들 있다. 물론 그중에는 고향 찾는 사람도 있겠지만 죽자 사자 목적으로는 삼지는 않는다는 말이다. 그러고 보면 이 백성들이 일 년에 두 차례씩 연례행사처럼 귀향하는 것을 예삿일로 보아서는 안 될 듯하다.

　본능적으로 영원한 본향으로 향하는 것을 연습하고 있기 때문이다.

생명의 고리

세상의 모든 생명체들은 예정된 길을 향해 간다.

한정된 시간 동안, 한정된 공간에서, 한정된 길을 따라 선대와 후대를 이어주는 생명의 고리로서의 길이다.

삶의 모습은 서로 다를지라도, 향유하는 자유는 다를지라도, 본질은 같다.

잠을 자고, 밥을 먹고, 옷을 입고, 종을 번식시키는 등 삶의 회전 반경은 동일하다.

인간이라고 해서 하루를 더 길게 쓰는 것도 아니고, 짐승이라고 해서 짧게 쓰는 것도 아니다. 인간이기 때문에 좋은 옷을 입고, 짐승이라고 해서 더 나쁜 옷을 입는 것도 아니다. 오히려 짐승은 이 세상에 태어날 때 벌거숭이로 태어난 인간에 비해서 조물주로부터 천연가죽이나, 모피, 또는 값비싼 밍크 코트를 벌써 입고 나온다. 최소한 그런 측면에서 인간보다는 우월하다.

모든 생명체들은 제한된 공간에서 살아간다. 산에서 살 것인가, 육지에서 살 것인가 물에서 살 것인가. 만약 물에서 산다면 민물인가 바닷물인가 그것도 아니면 민물과 바닷물이 만나는 지점인가. 같은 물이라도 깊은 물에서 살 것인가 얕은 물에서 살 것인가 아니면 땅바닥에 엎디어 살 것인가 진흙구덩이나 돌 틈에서 살 것인가 하는 것도 이미 정해져 있다. 물론 찬물에서 사는 냉수 어종이 있는 반면에 따듯한 물에서 온수어종, 냉온수가 합쳐진 합류지점에서 사는 어종 아니면 아주 뜨거운 온천물이나 극한지대에서 살거나 아예 깊은 심해에서 살거나 등 거주의 한계도 정해져 있다. 그리고 그 거주의 한계를 벗어나면 목숨을 잃게 된다. 동일한 물에 살아도 아가미로 숨을 쉬는 물고기가 있는가 하면 허파로 숨을 쉬는 물고기, 아니면 떴다 가라앉기를 반복하며 숨을 쉴 것인가 하는 여부도 이미 정해져 있다.

물고기만 그런 것이 아니다. 동일하게, 똑같이, 공중에서 사는 것 같지만 높은 곳에서 사는 것이 있는 반면 낮은 들녘에서 살아가는 것이 있고 아예 민가 근처에서 사는 새가 있으며 집시처럼 철따라 하늘 길을 오가면서 사는 새도 있다. 새는 새지만 걸어 다니다 급하면 나는 새도 있고, 날지 못하고 뛰는 새도 있다. 타조 같은 경우다. 날짐승만 그런가? 아니다. 식물도 동일하고 역시 인간도 동일하다. 그리고 이 모든 삶은 단회적이다. 두 번 다시 이 세상에 태어나지 않는다

요즘 흔히 전생을 말하고 윤회설을 말하는 이도 있지만 대책없이 쏟아낸 말일 뿐이다. 인간의 몸은 모태에서 생성되어

완성되어 가는 것이고 완성된 정점을 기준으로 해서 점점 소멸되어 가다 종래는 흙으로 돌아가는 것이지만 그렇다고, 그러기 때문에 전생이나 윤회를 말하는 것은 요령부득이다.

이 세상에 생존하는 모든 것은 모두 단회적이다. 작년에 핀 동백꽃이 금년에도 동일하게 피는 것은 아니다. 모양은 같을지라도, 작년의 그 자리를 벗어난 다른 각도에서 새로 움을 틔우고 새로운 가지에서 다른 크기로 피는 것이지 작년과 동일한 자리에서, 동일한 모습으로 동일한 시간에 개화를 하는 것은 아니다. 이것은 비단 식물뿐만 아니고 동물이나 인간도 마찬가지다. 단회적이다. 또 단회적이기 때문에 소중한 것이다.

그리고 이어서 모든 살아 있는 것들은 다 한 길을 간다. 생육과 번식을 위한 생명의 고리로서의 길이다. 왜 모든 만물이 이 길을 가는 것일까. 더러는 지구의 양극이 있는 한 아니면 태양에서 끊임없이 전자파가 나오는 한, 뇌성벽력이 치는 한, 그럴 수밖에 없을 것이라 할지 모르나 아무도 알 수 없는 일이다.

아무튼 모든 생명체들은 선대와 후대를 이어주는 생명의 고리로서의 사명을 충실히 이행할 뿐이다. 봄이 되면 꽃들이 핀다. 꽃이 피면 사람들은 좋아하고 봄꽃놀이를 간다. 그러나 꽃이란 식물의 생식기이며 꽃에서 풍기는 향기는 벌과 나비를 불러오기 위한 페르몬에 불과하다. 사람들의 유희를 위한 것은 아니라는 이야기다. 사실 스스로의 생존과 번식을 위한 것뿐이다. 벌과 나비를 불러와 가루받이를 통해서 수정을 하고 씨를 만들어 퍼트리기 위한 것이고 수정이 끝나면 이 모든 꽃들은 시들고, 이내 사라진다.

물론 이것은 비단 식물에 국한된 것은 아니다. 한 여름 나무 위에서 울어대는 매미도 기실 알고 보면 짝을 부르는 소리지 세월가라고 부르는 노래 소리가 아니다. 평생을 어두운 땅속에서 보내다 고작 열흘 남짓 허락된 시간에 짝을 찾아야 하는 절박함에 소리 높여 외치는 것이다. 물론 그 중에는 17년 동안이나 땅속에 살다 나온 매미도 있고 보면 눈물겹다.

같은 맥락으로 풀벌레가 우는 것도, 귀뚜라미가 우는 것도, 여치가 우는 것도, 오뉴월 못자리판에 개구리가 우는 것도 마찬가지다. 온몸을 비틀고 날개를 비비며 기를 쓰고 울어대는 것도 짝을 부르는 소리에 다름 아니다. 사향노루가 사향 냄새를 풍기며 온 산을 헤매는 것도 연어가 단 한 번의 생애를 위하여 그 멀고 먼 항해를 끝내고 마지막 제 고향에 돌아와 산란을 하고 죽는 것도 동일하다. 비단 이뿐만 아니라 장기는 까투리를 부르고, 수벌은 단 한 번의 혼인 비행이 끝나면 마치 이를 위해 태어난 것처럼 죽고, 극락조는 사랑을 얻기 위하여 춤을 추고, 공작새는 화려한 날개를 펴 구애를 하고, 사슴은 목숨을 건 사투를 벌이고, 개똥벌레는 불을 밝히고 밤새 캄캄한 어둠속을 헤매며 대나무는 평생 단 한 번의 꽃을 피우고 씨를 낸 후 죽는 것을 보면 경외스럽다.

그렇다면 만물의 영장인 인간은 어떠한가. 역시 마찬가지로 정해진 그 길을 간다. 정도의 차이는 있으나, 살아가는 방법은 다를지 모르나 한정된 시공을 벗어나진 못한다.

장성해서 결혼을 하고 결혼을 하면 자녀를 낳고 그 자녀가 장성해서 자식을 낳아 생명의 고리가 연결될 쯤 해서 세상을 떠난다. 마치 이를 위해 태어난 것처럼. 그래서 살만하니까 간다는 말이 생겨난 것일까. 아무튼 예술이네 학문이네 문명이네 하는 모든 것들도 모습은 다를지라도 본질에서 이탈하지는 않는다. 서로 그리워하며 사랑하며 이별을 슬퍼하고 해후를 기뻐하는 모든 것들도 다 이 과정에서 파생된 가여운 몸짓에 불과하며 인간이 부르는 모든 노래도 사실 다 이 범주에 포함된다.

모든 살아 있는 것들은 동일한 길을 간다.

한시적인 시간과 장소와 그 길을, 피치 못할 숙명처럼 부지런히 가고 있다. 생명의 고리로서 역할을 다하기 위해 말이다. 참으로 신비로운 일이다. 도대체 이 비밀한 생명의 유전은 어디서부터 비롯된 것인가.

세모유감歲暮有感

해마다 세모가 되면 교우들에게 반복해서 가르치는 몇 가지가 있다. 예를 들면 교우들 간에 돈거래를 하지 말라든지, 경조사 부조의 원칙은 직계 존비속에 한한다든지, 축의금이나 부조를 한 상대방에게 꼭 답방을 해야 한다든지, 물론 직계 존비속이 아닌 경우는 각자 알아서 하라는 것 등.

그리고 그보다 더 강조하는 것은 교회에 허위로 각종 증빙서를 청구하지 말라는 것 등이다. 예를 들면 헌금을 낸 일이 없으면서 헌금을 낸 것처럼 해달라거나 교회에 다닌 일이 없음에도 불구하고 교인증명서를 해달라고 부탁을 받아오거나 세례증명서 등을 요청하거나 하지 말라고 가르친다. 그런데, 그럼에도 불구하고 반복해서 가르치지만 이런 희한한 부탁은 끊임없이 들어온다.

교묘하게 거절할 수 없는 통로를 통해서 오거나, 가르치고 난 다음날 청탁이 오거나, 한 술 더 떠서 난데없는 사람이 찾아오는 경우이다.

지난 수요일 밤 예배 전에 찾아온 사람도 그런 경우이다. 예배 시작 전에 어느 낯선 분이 와서 기다리고 있었다. 상담 차 왔다고 했다. 대략 나이가 육칠십 대쯤 되어 보이는 여자 였다. 차를 한 잔 하면서 물어보니 자기 아들 문제를 가지고 왔다고 했다. 자기 아들이 지금 지방대학에 있는데 서울에 가 까운 수도권 대학으로 올 기회를 얻었다는 것이다. 절호의 기 회인데 이 대학이 기독교 대학이라 기독교인 증명서가 필요하 다는 것이었다. 나는 그와 얼마간 이야기를 나눈 후 정중히 거절 의사를 밝혔다.

"대단히 죄송하군요. 미안합니다. 어려운 발걸음 하셨는 데……."

"……."

그리고 말을 이었다.

"그런데 교인 증명서를 해 준다고 해도 그 학교에서는 증명 서를 믿지 않을 것입니다. 교회 소재지가 서울인데 어떻게 지 방에 계시는 분이 매주 서울까지 교회를 다녔다고 하면 믿겠 어요?"

그리고 교회에 다닐 것을 권유했다.

"세상에 교회 다니는 것만큼 쉬운 일이 어디 있어요. 눈에 보이는 것이 교회요 찾아가 등록만 하면 되는데……."

그는 나의 거듭되는 거부 의사에도 불구하고 아쉬웠던지 아 니면 미련이 남았던지 나에게 전화를 해 달라며 전화번호를 적어가고 자기 전화번호도 내게 건네주었다. 그리고 가면서

헌금을 드리겠노라고도 했다. 기분이 묘했다. 거짓말로 증명
서를 해준 대가로 헌금을 드린다고? 참으로 기상천외한 발상
이었다. 물론 이런 일이 처음은 아니어서 과거 민주화가 되기
전 선거 때만 되면 교회에 난데없는 감사헌금 봉투가 올라오
고 무슨 국회의원 후보의 이름이 적힌 타월이 도착해 그 용도
를 고심하다가 결국 교회 청소하는 걸레로 사용하고 말았지만
세상에서 바라보는 교회는 참으로 궁금하다는 생각을 할 때가
많다.

그런데 그 여자가 한 말 중에 여기에 찾아오게 된 것은 목
회하는 자기 친구의 조언 때문이었다고 했다. 친구는 그에게
이렇게 말했다고 했다.

"얘, 너 큰 교회보다는 작은 교회 찾아가봐. 그러면 해줄지
도 몰라."

그 여자가 떠난 뒤에도 그 말이 묘한 여운을 남기며 귓가에
맴돌았다. 나는 교우들에게 기도하는 법을 때때로 가르친다.

"기도 중에 이런 말 하지 마세요. 하나님 오늘 예배에 참석
한 사람이나 참석하지 못한 사람이나 동일한 은혜를 받게 해
주세요."라고.

그동안 가르친 보람이 있었는지 몰라도 우리 교회는 최소한
이것만은 지켜지고 있는 듯하다. 어찌 바쁜 일손을 멈추고 예
배드리는 사람과 의례히 빠진 사람이 받는 은혜가 동일한가.
물론 어쩌다 불가피한 일로 빠진 사람이야 동일한 은혜가 있
겠지만, 아니 더 큰 은혜도 임할 수 있겠지만 늘 빠진 사람에
게야 무슨 은혜가 임하겠는가. 그런 사람에게 필요한 것은 은

혜가 아니라 회개다. 하나님은 공평한 하나님이시기 때문이다. 많이 심는 자는 많이 거두고 적게 심는 자는 적게 거두고, 심은 것이 없는 사람은 거둘 것이 없는 것이 하나님 나라의 진리이다. 그럼에도 불구하고 심은 것 없이 거들려고만 한다면 그것은 분명 하나님 나라를 오해하고 있는 것이 될 것이다. 교회 다닌 일도 없이 교인증명서를 해준다면 성실히 교회 다니며 신앙생활을 한 사람은 얼마나 불공평한 대접을 받는 것인가.

더 나아가 세례 받은 일도 없는데 세례 증명서를 해 준다면 하나님께서는 얼마나 황당해 하실 것인가. 물론 목회가 다양한 사람을 만나야 하고 그들의 영혼을 구령해야 하고 별의별 일을 겪는 것이 다반사이긴 하지만 상식을 벗어난 일들 때문에 긴장해야 할 때가 많다.

어느 해가는 난데없이 이웃 교회 다니는 어느 교인이 자기 딸을 신학교 보내겠다며 원서를 가지고와 세례 받은 사실을 기록해 달라고 하는가 하면, 어느 해가는 우리 교회 권사님이 딸 친구의 부탁을 받았다며 지방 의사가 서울로 취업하는데 필요하다며 교인증명서를 해달라고 하기도 하고, 연말 정산을 한다며 근거도 없는 헌금증명서 부탁이 오기도 하며 어느 해가는 교회 옆 횟집에서 노름하던 사람 하나가 급히 와 노름판에서 돈을 잃었다며 돈을 빌리러 오기도 했다.

이제 연말이 가까워지고 있다. 머지않아 새로운 해가 시작될 것이다.

"그런 부탁하지 마세요. 그리고 그런 부탁 받아가지고 오지도 마세요."

신신 당부를 해도 때가 되면 어김없이 찾아오는 부탁, 해마다 반복되는 이런 일을 어떻게 해야 할 것인가. 의당 목회는 그러려니 해야 할 것인가 아니면 무슨 다른 방법이 있는 것일까. 이런 저런 일로 해가 바뀔 때가 되면 긴장할 때가 많다.

성탄절 단상

한해가 저물어 간다.

오욕과 영광, 전쟁과 기아, 지진과 폭력으로 얼룩진 한 해가 서서히 막을 내린다.

성탄의 캐럴이 울려 퍼지고 있다. 이렇게 다시 돌아올 수 없는 시간들이 영원한 시간 속으로 블랙홀처럼 빨려 들어가고 있다. 성탄의 설렘으로 시작하여 다시 성탄을 기다리는 설렘으로 보내는 한 해!

죄의 피로 얼룩진 이 땅에도 하나님께서 다시금 성탄의 종소리를 울리게 하셔서 나간 자를 돌아오게 하시고, 고통당한 자를 자유케 하시고, 압제당한 자에게 은혜의 해를 전파케 하셨다. 아! 기회를 상실한 자에게 다시 기회를 주시고 절망에 빠진 자에게 다시 소망의 빛을 주신 하나님.

나는 주일하교 때부터 교회에 다니기 시작했다. 그때는 6.25전쟁이 끝난 지 얼마 되지 않아서 예배당에는 전쟁 통에 부모를 잃은 고아들이 많이 있었다. 예배당에서 예배를 드릴 때면 양말을 신지 못해 벌겋게 동상이 든 발이 시려 고통스러워하던 고아들이 마룻바닥에 앉아 있었다. 곰발이 난 피부, 기계독이 오른 머리, 먹지 못해 누렇게 부황 든 아이들도 많았다. 그때 성탄은 일 년 중 가장 신명나는 축복의 날이었다. 가난한 아이들에게 예수님은 성탄절 밥이 되어 주시고, 떡이 되어 주시고, 그것보다 더 뜨거운 음식이 되어 아이들의 상처 난 가슴을 얼싸안아 주셨다. 깨어진 창문으로 겨울바람이 들어오고, 검게 그을은 호야 불이 바람에 펄럭이고, 가난보다 더 무겁게 내려앉은 교회 뜰 앞에 있는 팽나무의 눈발들이 눈의 무게를 이기지 못하고 가끔씩 땅바닥으로 쏟아져 내리고, 그 때마다 산새들이 놀라 날아갔다. 백발이 성성한 늙은 전도사님은 굵은 돋보기안경으로 성경을 보고 계셨고 아이들은 목청을 높여 고요한 밤 거룩한 밤을 부를 때 예수님은 그렇게 다정한 모습으로 어린이들과 함께 계셨다.

　그리운 시간들이었다. 그리고 그 후 세월은 베틀의 북처럼 빨리 지나갔다. 세상이 변하니 성탄절도 많이 변한 것 같다. 가물거리던 호롱불은 휘황한 전기불로 바뀌고 가난하고 병들고 외로웠던 아이들은 장성하여 어른이 되고 그 자녀들, 그리고 그 자녀의 자녀들은 따뜻하고 풍요로운 방에서 서로에게 줄 선물을 준비하고 있다. 그뿐 아니라 휴가를 떠나기 위해 고속도로를 가득 메운 불빛들은 꼬리에 꼬리를 물고, 교회보다 술집이 먼저 성탄 장식을 하고, 백화점은 값비싼 선물들로 가득하고, 거리에는 의미도 없이 떠들어대는 사람들로 가득하다. 예수님 대신에 산타크로스가 등장하여 성탄절의 주인공이 되어 있고 예수님이 태어나신 좁고 누추하고 냄새나는 마구간은 화려한 궁전처럼 카드 속에서 아름답게 바뀌었다. 성탄절은 예수님과 상관없이 한잔 마시고 떠드는 밤, 탈선하는 밤, 술 취해 비틀거리는 밤으로 변해 버리고 말았다. 마치 헤롯과 예루살렘 사람들이 성탄의 소식을 듣고 소동하듯이 말이다. 어디에서도 유년시절에 가난한 교회 마룻바닥에 같이 앉아 다정하게 어린아이들을 안아 주시던 예수님의 모습은 볼 수가 없다.

존 데이비라는 사람은 이렇게 말했다. "12월에는 두 개의 크리스마스가 있다. 하나는 성탄절이고 또 하나는 X-MAS이다." 성탄절은 이해가 가는데 X-MAS란 도대체 무엇이냐? X란 주지하다시피 수학에서 미지수를 말한다. 성탄절만 되면 알 수 없는 자들이 소동하는 미지수의 밤을 말하는 것은 아닐까? 물론 X란 희랍어, 크리스투스의 이니셜이지만.

한 해가 저물어 간다. 전쟁과 미움으로 얼룩진 땅 위에 성탄의 종소리가 다시 울려 퍼지고 있다. 돌이킬 수 없는 시간들이 영원한 시간 속으로 블랙홀처럼 빨려 들어가고 있다. 그러나 마치 유령의 불빛처럼 고속도로를 가득 메운 차량 행렬. 그리고 밤새껏 불야성을 이루는 술집과 유흥가를 바라보면서 다시 한 번 생각에 잠긴다. 과연 오늘을 사는 우리들에게 성탄절이란 어떤 의미인가를.

생명의 물

　한낮 뜨거운 열기로 땅바닥에 지열이 일고 있었다.

　예수님은 하루 종일 전도 여행에 지친 몸을 이끌고 사마리아에 도착하여 수가성 우물가에 앉아 잠시 쉬고 있었다. 그때 한 여인이 나타났다. 물을 길으러 온 여인이었다. 제자들은 무슨 먹을 것이라도 사러 간다고 근처에 있는 마을로 들어가고 아무도 없던 터였다. 예수님은 그 여인에게 대뜸 말하기를 "물을 좀 달라." 하였다.

　여인은 자기에게 물을 달라고 하는 낯선 남자의 행색을 곰곰이 살펴보았다. 그 차린 행색으로 보나, 말투로 보나 분명히 유대인이었고, 평소에 자기 같은 사마리아인들을 사람 취급도 하지 않았고 상종도 하지 않는 사람들인데 어찌 자기에게 물을 달라고 하는지 알 수 없는 일이었다.

　그래서 말하기를 "당신은 유대인으로서 어찌하여 사마리아 여인인 나에게 물을 달라고 하십니까."하고 되물었다. 그 때 예수님은 그 여인에게 말하기를 "당신이 만일 하나님의 선물과 지금 당신에게 물을 달라고 한 내가 누군 줄 알았다면 오히려 내게 구하였을 것이요 그리고 그랬더라면 내가 당신에게 생수를 주었을 것이요."라고 대답했다. 여자가 그 말을 듣고 보니 이상하기 짝이 없었다. 사실, 그때 당시 여인은 삶에 매우 지쳐 있었다. 먹고사는 것이 문제가 아니라 그 인생은 실패의 연속이었다. 그것도 다름 아닌 결혼에 다섯 번이나 실패했으니 몸과 마음이 지칠 대로 지쳐 있던 때였다. 바로 그때, 낯선 유대의 남자가 나타나서 마치 무엇이나 알고 있는 듯이 생수에 대한 이야기를 끄집어낸 것이었다. 그래서 그 연인은 얼떨결에 이렇게 대답했다. "지금 당장 물길을 그릇도 없고 우물은 이렇게 깊은데 어디서 생수를 얻겠습니까?" 생수의 의미가 무엇인지 알지 못하고 단순이 마시는 우물물로만 알았기 때문이었다. 또 당시에 이 물은 짐승들까지 먹을 만큼 양도 풍부하고 수질이 좋은데 도대체 어디서 이보다 더 좋은 생수가 있단 말인가 생각했기 때문이었다. 그래서 그 여자는 이렇게 물었다. "우리 조상 야곱이 이 우물을 우리에게 주었고 또 여기서 자기와 자기 아들들과 짐승이 다 먹었으니 당신이 야곱보다 더 큽니까?" 그때 그 낯선 유대 선생은 대답하기를 "이 물을 먹는 자마다 다시 목마르려니와 내가 주는 물은 영원토록 목마르지 아니하리니 그 속에서 영생하도록 솟아나는 샘물이 되리라." 하였다. 이때 이 여자가 말하기를 "그런 물이 있으면 내게도 주셔서 목마르지 않게 하고 물 길러 오지도 않게 해 주십시오."라고 하였다. 이때 낯선 유대선생은 말하기를

"가서 네 남편을 데려오라."고 명령하였다. 여자가 말하기를 "나는 남편이 없습니다." 그 말을 듣던 낯선 유대선생은 "네가 남편 다섯이 있었으나 지금 있는 자도 네 남편이 아니니 네 말이 참되도다." 하였다. 여인은 자기 마음속의 갈급함을 알고 있는 이 말을 듣고 깜짝 놀랐다. 여인은 물동이를 버려두고 마을로 달려가 "와 보라"고 동네방네 떠나갈 듯 소리를 질러댔다. 그러지 않고는 견딜 수 없는 충동이 그를 사로잡았기 때문이었다. 그는 사람들을 주께로 인도했으며, 자신도 영원한 생수의 근원인 그리스도를 만나게 된 것이다.

근자에 들어 유난히 물 이야기로 세상이 소란하다. 세상에는 사람을 살리는 물이 있는가 하면 사람을 죽이고 병들게 하는 물도 있다. 참으로 중요한 문제다. 음식은 열흘을 굶어도 살 수 있지만 물을 열흘 동안 마시지 않고서야 어떻게 살 수 있겠는가. 인체의 78%가 물로 구성되어 있으니 말이다. 한번 마시면 또 마셔야 되는 그런 물이 아닌 영원히 목마르지 않는 물이 이 시대에 필요하다. 과연 이 지상에 야곱의 우물물보다 더 좋은 물이 존재하는가. 사람을 살리는 영원한 생명수!

기독교 문학은 사람을 살리는 생명의 우물과도 같다. 누가 혼탁한 이 시대에 생수와 같은 글을 써서 죽어 가는 생명을 살릴 수 있을 것인가.

회항

도착할 시간이 지났음에도 불구하고 비행기는 아직도 공중을 선회하고 있었다.

더러는 막연하게나마 눈치를 챈 사람도 있었고, 아직 눈치를 못 챘거나 챘어도 잘될 거라 믿는 사람들은 애써 태연한 척하며 소리를 내어 떠들고 있었다.

"지난번 외국에 갈 때에도 그랬다"며 애써 자위하는 소리도 들렸다. 그러나 그런 분위기도 잠시, 비행기가 그 육중한 동체를 부르르 떠는가 싶더니만 땅이 꺼질듯 푹 내려앉았다가 갑자기 위로 솟구쳐 오르는 바람에 승객들은 일제히 비명을 질러댔다. 분위기는 완전히 바뀌었다. 순식간이었다. 서로를 바라보는 눈빛에는 두려움이 가득했다. 멀리 가물가물 지상의 불빛이 보이는가 싶었는데 다시 깜깜한 먹장구름 속을 나는 듯 창밖은 아무것도 보이지 않았다. 비행경로를 알려주는 등받이 모니터에는 남은 비행시간이 10분에서 8분으로 8분에서 다시 15분으로 곤두박질치고 있었다.

이럴 때면 사실, 기장이나 승무원이 안내방송을 해서 확실한 속내를 털어놔야 함에도 침묵만 흘렀다. 대신 금방 꺼질 듯한 경음악소리만 흘러나왔다. 꼭 무슨 말을 해야 할 시간에 말을 하지 않고 흘러나오는 음악소리가 오히려 분위기를 공포스럽게 만들었다. 그렇게 부지런히 통로를 오가던 스튜어디스들도 어디서 무엇을 하는지 그림자도 보이지 않았다.

침묵이 흘렀다. 비행기 엔진소리 외에는 아무 소리도 들리지 않았다. 창밖에는 언뜻언뜻 시커먼 구름 같은 것이 스쳐 지나가는 듯 보이기도 했다. 옆자리에 앉은 누군가가 "비행기 랜딩기어가 빠지는 소리가 들리지 않았다"라고 아는 척을 했다. 랜딩기어가 빠지지 않았다면 바퀴가 빠지지 않았다는 이야기인데 큰일이 아닐 수 없다.

어느 땐가 대형 항공기 추락사고 때 보여주었던 동체착륙의 끔찍한 광경이 떠올랐기 때문이다. 활주로에 불꽃을 내며 미끄러지다 마지막 공항 모래 언덕에 처박혀 불타던 끔찍한 모습과, 끊임없이 달려가던 구급차와 부상자들이 들것에 실려 나오던 모습이 연상되었다. "아니야, 그럴 것 같지는 않아" 또 누군가 말을 받았다. 서로가 알 수 없는 이야기들 뿐이었다. 그러나 저러나 예삿일이 아닌 것만은 분명했다. 더더구나 이런 판국에 기장이 입을 다물고 있으니 짐짓, 사실대로 말하면 승객들이 더 동요할 것이기 때문에 말을 하지 않을 것이라고 저마다 나름대로 생각하고 있었다.

어쩐지 대만의 중정공항을 출발할 때부터 좌석문제로 찜찜

한 것이 결과가 좋지 않은 것 같아 입맛이 씁쓸했다. 삼박사
일 동안 시간만 되면 부지런히 쇼핑센터로 끌고 다니던 가이
드가 마지막으로 공항 가는 버스 속에서 젓가락을 뽑아 들었
다. 그리고 그는 팁을 줬음에도 불구하고 운전기사는 살아갈
방법이 이것밖에 없노라고 통사정을 했다. 또한 부연해서 말
하기를 기념품으로 열쇠고리보다는 이것이 백배나 낫다고 했
고, 부담은 갖지 말라고 말하면서도 은근히 살 것을 종용했
다. 사람들은 무엇에 홀린 듯 찬장서랍에 뭉치로 쌓여 있는
온갖 젓가락들을 까마득히 잊은 채 앞 다투어 젓가락을 샀
다. 그래서 그랬을까 가이드는 얼굴이 벌겋게 상기된 채 우리
일행들이 함께 갈 수 있도록 좌석을 배치했노라고 선심을 쓰
듯 말했다. 모두들 감격해 하며 헤어짐을 아쉬워했다. 어떤
이는 헤어지면서 포옹을 했고 어떤 이는 손을 잡고 흔들면서
막연하게 재회를 약속했고, 더러는 그 사이에 배운 중국말로
쎄쎄를 연발했다.

  그런데, 막상 기내에 들어와 보니 좌석이 없었다. 혼란스러
웠다. 가이드는 연락할 길이 없고, 스튜어디스는 좌석 표를
준 사람이 어디 있느냐고 퉁명스럽게 묻고 그 사람을 데려와
야 한다고 했다. 도리어 잘못이 나에게 있다고 잔소리를 늘어
놓더니 그만 어디론가 바삐 사라져버렸다. 비행기는 출발했는
데 사람을 데려오라니? 기가 찼다. 참으로 황당한 일이었다.
함께 늘 따라 다니며 쓸잘데없는 소리를 해대던 여행사 사장
도 어디에 박혀 있는지 정작 필요할 땐 나타나지 않았다. 누
군가 아무데나 앉으라고 해서 앉았는데 금시 주인이 나타나

자기자리라고 했다.

이곳저곳 밀리다 간신히 뒤꽁무니에 걸터앉으니 문득, 비행기도 입석으로 갈 수가 있을 거란 묘한 생각이 들었다. 여행이란 편해야 하는데 찜찜하기 이를 데 없었다. 이놈의 비행기가 제대로 갈 것인지 심히 염려되었다. 나중에는 간신히 승객들이 다 탄 다음 자리를 잡았지만, 그리고 시간이 지났지만, 꾸벅꾸벅 졸다가 눈을 떴지만, 그 찜찜하고 불유쾌한 생각은 종래 나를 떠나지 않았다. 그리고 그런 묘한 기분은 불안한 생각으로 연결되었다. 직감이었다. 오늘밤 비행이 순탄치는 않을 거란 생각이 들었다. 그런데 그런 생각이 현실이 되어 나타난 것이다. 두려운 생각이 밀려들었다. 그때 차라리 좌석이 없어 내렸더라면 더 좋았을 뻔했다는 생각도 스치고 지나갔다.

바로 그때였다. 마치 자동차가 지상의 비포장도로를 달리듯 비행기 동체가 심하게 흔들렸다. 그리고 비행기가 제 몸을 가누지 못한 채 무엇에 밀리는가 싶더니 중심이 크게 흔들렸다. 다시 또 비명 소리가 들렸다. 승객들은 공포에 질려 있었다. 모니터에는 출발지 온도가 나타나고, 현재 시간이 나타나고, 남은 거리가 나타나고, 비행기 항로가 번갈아가며 나타났다 사라졌다. 비행기는 영종도 앞바다에서 위로 그리고 다시 아래로 그리고 다시 좌로 길게 포물선을 그리며 맴돌고 있었다. 여기저기서 구토를 하는지 역한 냄새가 났다. 납덩이같은 침묵이 흘렀다. 그때 침묵을 깨고 기내 방송이 나왔다. 구토하는 분들은 앞좌석 등받이에 있는 봉투를 사용하라고 했다. 모

두들 일제히 몸을 구부려 봉투를 찾았다. 나도 어두운 실내
속에서 몸을 구부려 반사적으로 봉투를 찾았다. 봉투는 쉽게
발견되지 않았다. 창밖에는 알 수 없는 불빛이 반짝이고 있었
다. 누군가 번개가 친다 하였고, 어떤 이는 벼락은 치는데 비
는 오지 않고 있다고 했다. 또 어떤 사람은 이도 저도 아니고
비행 날개 끝에 달린 경광등일 거라 했다. 알 수 없는 말들만
내뱉었다. 두려움으로 가득했다. 바로 그때 아내가 살며시 내
손을 잡았다. 가슴이 뭉클했다. 애써 눈을 감고 멀미를 참고
있는 줄만 알았는데 도저히 두려움을 혼자서 감당 수 없었던
것 같았다. 나도 가만히 손을 잡았다. 체온이 전해 왔다. 아내
와 함께한 짧았던 시간들이 주마등처럼 스치고 지나갔다. 힘
들었던 시간들이었다. 이것으로 생애가 간단히 끝날 수도 있
을 것이란 생각이 들었다. 아이들이 생각났다. 이럴 줄 알았
으면 떠나기 전 아이들 얼굴이라도 보고 왔으면 좋았을 텐데,
무심한 내 자신이 후회스러웠다. 떠난다는 말도 남기지 않고
잠든 아이들을 깨우지 않으려고 겨우 몇 마디 말을 종이에 써
김치냉장고 위에 올려놓고 왔을 뿐이었는데 이런 일이 있다
니.

　그러나 어떤 경우라도 평안한 마음으로 임해야겠다는 생각
을 했다. 그런데도 또 한편으론 이럴 줄 알았다면, 하는 생각
이 자꾸 불쑥거렸다. 그리고 그 순간 왜 하필이면 그런 생각
이 떠올랐는지 모르지만 영화 타이타닉의 마지막 장면이 떠올
랐다. 차가운 밤바다에 빠져 안간힘을 쓰던 레오나르도 디카
프리오 얼굴도 얼음덩이와 함께 떠올랐다.

다시 비행기가 움찔하고 심하게 흔들리더니 요동을 쳤다. 기도하는 소리도 들렸다. 눈을 감았다. 벌써 삼십 분이 훨씬 더 지난 듯했다. 그리고 순간 비행기가 고도를 높이는가 싶었는데 엔진소리가 더 요란해졌다. 속력을 내고 있었다. 다시 깜깜하던 모니터가 켜졌다. 남은 잔여 비행시간이 51분으로 나타났다. 착륙지점을 벗어나 다른 곳으로 가고 있음이 분명했다. 조용하던 기내가 잠시 술렁거렸다. 비행기는 서울을 서서히 벗어나고 있는 듯했다.

"여기서 오십 분 거리면 김해공항일 거야."

누군가 어둠속에서 말했다.

"군산일지 몰라."

"군산이 오십 분이나 걸리나."

다시 누군가 말을 받았다.

"김해쯤 돼야 이런 대형 항공기가 내릴 수 있다고."

처음으로 말한 사람의 목소리였다. 그런데 비행기가 날아가는 항로가 그쪽 방향이 아닌 듯싶었다. 비행기는 분명히 동쪽을 향하여 기수를 틀고 있었다. 그때 컴컴하던 실내등이 밝아지더니 기장의 목소리 들렸다.

"불행하게도……."

기장은 잠시 머뭇거리는가 싶더니만 이어서 말을 이었다. 승객들은 바짝 귀를 기울였다. 이 비행기는 심한 강풍으로 착륙지점에 착륙하지 못하고, 선회하다 기름이 떨어져 급히 일본 후쿠오카로 간다고 했다. 그리고 지금 영종도 앞바다는 시속 80km 강풍이 불고 있다고 했다. 시속 80km 강풍이 어느 정도인지 도무지 실감이 나질 않았다. 그리고 다시 말을 이었다. 지금부터 10분 동안 화장실에 가실 분은 다녀오라고 했다. 찰칵 소리가 나더니 방송이 끊겼다. 그 말을 듣자마자 모든 승객들이 일제히 일어났다. 화장실 앞에 길게 줄이 이어졌다. 술렁이기 시작했다. 너나 할 것 없이 한 마디씩 했다, 다시 소란해졌다. 도대체 이 밤중에 일본으로 가면 어떻게 하느냐 했고, 그나마 다행이라고 했고, 또는 공항에 나오기로 한 사람들 때문에 더 큰일이라고 했다. 또 다른 불안이 엄습해왔다. 시끄러웠다. 누군가 "일본가면 공짜로 호텔에서 먹여주고 재워주고 내일 다시 오면 된다"고 하였다. 오랜만에 웃음이 터져 나왔다. "이 많은 사람을 먹여주고 재워주면 항공사는 망쪼가 든다"라는 소리도 나왔다. 그나저나 비행기는 캄캄한 어둠속을 향하여 다시 날기 시작했다. 모니터를 보니 대전 대구가 표지판에 나오더니 이윽고 부산이 나오고 대마도가 보였다. 바다를 건너고 있었다. 아무것도 보이지 않았다. 그리고 이어서 비행기는 일본 땅으로 들어섰다. 멀리 까마득한 불빛이 시야에 들어왔다. 후쿠오카의 야경이었다. 별자리처럼 반짝였다. 마치 거미가 집을 짓듯 방사형으로 뻗어나간 불빛이 은하수를 흩뿌려 놓은 듯했다. 비행기는 이윽고 고도를 낮추고, 낮추고, 또 낮추었다. 지상의 집들이 창밖으로 나란히 달리는가 싶었는데 비행기는 이내 후쿠오카 공항에 도착했다. 박수소리가 터져 나왔다. 일제히 소리를 질렀다. 이제 살았다는 안도의 소리였다.

　비행기가 도착하자마자 전화를 하느라고 법석을 떨었다. 일제히 휴대폰을 꺼내들고 전화를 해댔다. 누구는 휴대폰이 터진다고 하고, 누구는 안 터진다고 성화를 댔다. 다행이 연결이 된 사람들은 "큰일 날 뻔했다"고 큰일이란 말에 애써 힘을 주어 말했다. 온통 전화하는 소리로 기내가 소란해졌다.

소란한 틈을 비집고 일본 방역청 직원들이 들어왔다. 이미 연락이 된 모양이었다. 마스크를 하고, 흰 장갑을 끼고, 체열 감지기를 손에 들고 들어와서 앞에서부터 천천히 승객들의 얼굴을 비추고 들어왔다. 무슨 전염병 환자라도 집단으로 싣고 온 양 그들은 여기저기 세밀히 비치고 다니더니만 이윽고 사라졌다. 토한 냄새와 기름 냄새가 함께 섞여났다. 지루한 시간이 흘렀다. 다시 무료해졌다. 기내방송은 먹통이 된 채 자정이 가까이 오고 있었다. 오랜 침묵을 깨고 기내 방송이 나왔다. 지금 영종도 앞바다에는 시속 40km로 바람이 다소 잦아들었으니 착륙하는 것이 가능할 거라며 기장은 말꼬리를 흐렸다. "착륙할 수 있을 거다"라는 마지막 말의 뉘앙스가 마음에 걸렸다. 그럼 착륙이 불가능하면 다시 또 올 거란 말인가 웃음이 나왔다. 밤새 왔다 갔다 하지 뭐 하는 생각도 들었다.

비행기가 움직였다. 두꺼비가 엉금엉금 기듯 활주로 맨 끝으로 다가선 비행기가 잠시 숨을 고르는가 싶더니만 다시 날아오르기 시작했다. 그리고 왔던 길을 되돌아가고 있었다. 지상의 불빛이 점, 점, 점, 점 희미해지더니 이내 사라졌다. 다시 현해탄을 건너고 있었다. 부산이 보이는가 싶었는데 대구가 나타나고 이내 대전이 나타났다. 그리고 계속 북쪽을 향해 날아갔다. 망각의 시간이었다. 잠시 잠깐 동안의 망각의 시간은 그렇게 마음에 평화를 가져다주었다. 승객들은 비몽사몽간에 잠속에서 흔들거리고 있었다. 비행기는 계속 어둠을 뚫고 날아갔다. 그리고 망각의 시간의 끝에 다다랐을 즈음 다시 한번 아득하게 박수소리가 들려왔다.

라오디게아 교회에서

아침부터 우중충하던 날씨는 에스키 힛살에 도착할 때쯤 기어코 비를 뿌렸다.

어딘지 알 수 없는 작은 시골 마을로 들어선 버스는 좁고 경사진 길을 오르기도 하고 내리기도 하면서 달리더니 드디어 작은 구릉 같은 돌 더미 위를 뒤뚱거리면서 내닫고 있었다.

빗줄기는 차창을 스치고 지나갔다. 3일 동안 안내를 하던 가이드는 목이 쉰 채로 계속해서 떠들고 있었다. 주전 250년경 수리아의 안티오커스 2세가 건설한 도시, 그리고 그의 사랑하는 아내 라오디게의 이름을 따서 건설한 도시가 라오디게아이다. 물론 똑같은 이름의 도시가 고대에 6개나 있었는데 우리가 찾아가고 있는 곳은 루고의 라오디게아라 불리는 곳으로 계시록에 기록된 일곱 교회 중 한 교회에 해당된다. 칭찬받은 일은 없고 오직 책망만 받은 교회, 빌라델비아 동남쪽 리쿠스 계곡에 인접한 이곳은 물이 부족하여 11Km나 떨어진 히에라볼리에서 온천수를 끌어오고 30Km 떨어진 골로새에서 냉천수를 끌어다 썼다. 그런데 수로를 타고 오던 물이 먼 거리를 오는 동안 그만 식어버리거나 미적지근하게 되어버리고 막상 사용할 때 보면 차갑지도 뜨겁지도 않은 물이 되어버린 것이다. 이미 제 기능을 상실해 버린 물! 미적지근해진 물은 역겹기만 했다. 그래서 주님은 토하여 내키겠다고 말씀하지 않았던가.

이뿐 아니라 라오디게아는 당시 금융 산업의 중심지였다. 주화제조 공장이 있었고 당연히 돈이 많았고 부요했다. 게다가 이곳은 의류와 양모 산업이 발단하여 무역이 활발하였고 경제적으로 축적된 부를 누렸다. 그래서 주후 60년 대지진으로 도시가 다 파괴되었을 때도 로마 정부로부터 원조를 거절하고 자기들 노력으로 재건하였으니 그만하면 당시의 생활상을 짐작할 수 있을 것이다. 또 이러한 양모 산업의 발달로 인해 수질 오염이 심각하여 눈병에 걸려 고통을 당한 사람이 많았는데 상대적으로 주변에는 의학학교가 세워졌고 안약공장이 있어서 눈병을 치료하는 안약으로도 유명하였다. 그러나 의복을 자랑하다 보니 영적으로 벌거벗은 수치를 몰랐고 그 유명한 안약도 영적인 소경을 치료할 수 없어서 주님을 바라볼 수 없었으니 불쌍한 영혼들이었음에 분명하다.

다른 사람들처럼 외부의 핍박을 받은 일도 없었고, 경제적인 어려움도 겪지 않고 좋은 환경에서 신앙생활을 할 수 있었으니 얼마나 큰 축복인가. 그러나 그렇게 좋은 환경임에도 칭찬은커녕 책망만 받는 교회가 되어 버렸으니 축복을 오히려 육체의 기회로 삼아 버린 것이라 할 수 있다. 그래서 결국 라오디게아 교회는 소아시아 일곱 교회 중 유일하게 그 흔적조차 찾을 수 없는 곳이 되어 버렸다. 눔바가 자기 집에서 개척을 했고 에바브라가 설립하고 함께 군사된 아깁보가 그렇게 열성을 다하였건만 흔적도 없이 사라져 버리다니!

주님을 섬기지도 부인하지도 않는 어정쩡한 태도, 뜨거운 열심도 없었고 그렇다고 차가워서 아예 신앙생활을 외면하지도 않았던 뜨듯 미지근한 태도. 아! 성지순례에 동행한 우리 일행은 토하여 내친 것으로 가득한 벌판에 서 있었다. 가는 곳마다 매표소가 있어 입장료를 받는데 라오디게아 교회는 입장료 받는 곳도 없었고 황량한 벌판은 죽은 듯 엎디어 비를 맞고 있었다. 토하여 내친 곳에 무슨 입장료 받을 명분이라도 있으랴. 점점 굵어지는 빗방울 때문이기도 하였지만 우리는 급히 다음 행선지를 가야 하는 일정 때문에 차에 올랐다. 그리고 기도했다. 풍요해진 한국교회가 부디 라오디게아 교회가 되지 않기를! 영적 소경이 되지 않으며, 뜨듯 미지근한 신앙이 되지 않으며, 자칭 부요한 자가 되지 않기를! 간절한 마음으로 간구했다. 비는 그치지 않고 계속 내렸다. 폐허가 된 돌무더기와 무성한 잡풀만 우거져 황량한 라오디게아 교회의 잔영이 사라지지 않고 오랫동안 차창에 흔들리고 있었다.

티볼리의 달밤

차가 두 번씩이나 말썽을 부리더니 기어코 일정에 차질이 생겼다. 아침부터 일찍 서둘러 나폴리를 가겠다고 나섰는데 어찌된 영문인지 휴게소에 도착한 후 차에 이상이 생겼다며 미적거리더니 이번에는 새로 교체되어 온 차가 말썽을 부리는 바람에 나폴리를 코앞에 둔 시점에서 그만 낯선 길 한복판에서 버렸다.

고르바초프처럼 머리에 얼룩 반점이 있던 운전기사는 가타부타 말 한 마디 없이 연장통을 들고 오르락내리락하면서 무엇을 고치는지 끙끙대는데, 무작정 차속에서만 앉아 있을 수 없어서 허름한 정비소 골목 같은 곳에서 배회하며 무료한 시간을 보냈는데 망치로 두드리고, 고치고, 땜질하는 사이에 또다시 두어 시간이 훌쩍 지나가 버렸다. 아무튼 지루한 시간이 지나고 우여곡절 끝에 차가 움직이기 시작했다. 그리고 우리는 석양이 다 되어서야 나폴리에 도착했다. 멀리 아스라이 베

스비우스 화산을 뒤로 하고 허름한 고성이 바닷가에 자리 잡고 있었다. 누보성이었다. 배들은 하얀 돛을 달고 바닷가를 그림처럼 날고, 석양이 설핏 기우는 바닷가에는 저녁을 준비하는 피자가게들이 하나 둘 등불을 켜고 손님 맞을 준비를 하고 있었다.

흔히 여행객들이 그러하듯 우리 일행은 늦은 시간에 도착하며 시간에 쫓기다 보니 구경은 고사하고, 우선 사진이나 한 장 찍어놓자고 해변을 중심으로 사진을 찍은 후 차에 올랐는데, 벌써 어둠이 내리기 시작했다. 차는 출발하고, 일행들은 그 사이 사가지고 온 나폴리 피자를 먹으면서 저물어 가는 들판과, 아스라한 불빛과 낯선 풍경 속에 흔들리고 있었다.

내일이면 이번 여행의 마지막 일정이 다 끝난다. 차는 오던 길을 되짚어 로마로 가고 있었다. 로마에 온 첫 날부터 여자 가이드는 자기의 핸드백과 바바리코트 속에 감추어진 또 다른 핸드백을 보여주면서, 왜 백을 두 개씩이나 가지고 다니는지, 로마에 살면서 도적맞은 이야기와 가방을 잃어버리고 경찰서에 가서 신고해도 별수 없었다는 것과 심지어는 고속도로에서 동양인인 것을 알고 달리는 차의 문을 열려고 했다는 날강도 이야기, 그리고 이태리에 미술을 공부하러 와서 그냥 주저앉아 고생했다는 이야기, 도로 사정이 우리나라와 비슷하다는 이야기, 그리고 자존심 하나 더럽게 강하다는 이야기, 그리고 어느 땐가는 도심 한복판에서 도둑놈끼리 총격전을 벌인 일도 있었다는 그런 이야기 등등. 매 시간 시간마다 소림사 무협소설 같은 스릴 넘치는 이야기를 빠짐없이 들려주는 바람에, 바티칸을 갈 때도, 콜로세움을 갈 때도, 폼페이를 돌아다닐 때도 구경보다는 혹시 도적 맞을까봐 긴장하여 가방을 붙들고 다녔는데 벌써 오늘로써 마지막이 된 것이다.

여행이라는 것이 출발하기 전까지는 마치 어렸을 때 명절을 기다리듯이 설렘으로 다가오지만 막상 집을 떠나 낯선 곳을 다니는 것이 그렇게 만만한 것은 아니어서, 하루 종일 차를 타거나 걷거나 다시 차를 타는 일이 반복되었고, 자칫 일정에 차질이라도 생기면 한밤중에 잠자리에 들기도 하고 새벽같이 일어나 선잠을 깨워가며 새벽길을 가야 하는 것이 나에게는 중노동이었다. 낯선 곳에서는 잠도 쉬 오지 않고 시간이 지나면 집이 그리웠다. 이런 생각 저런 생각들이 머릿속을 스치고 지나갔는가 싶었는데 그만 깜박 잠이 들었다. 그리고 눈을 떴는데 차는 어딘지도 모르는 어둠속을 향해 달리고 있었다. 밤이 사뭇 깊어지자 운전기사는 실내등도 꺼버렸다. 한동안 웃고 떠들던 사람들도 이내 조용해졌다. 어둠속에서 적막이 흘렀다. 모두들 잠들었는가 싶었는데 누군가가 찬송가를 부르기 시작했다. 이른 아침부터 너무 지치고 힘들었는지 찬송소리가 장엄하게 울려 퍼지기 시작했다. 처음에는 한 사람이었는데 한 두 사람씩 따라 부르기 시작하더니 이내 모든 일행이 함께 불렀다. 그리고 그 찬송소리는 장엄함을 넘어서 사뭇 비장하기까지 했다. 찬송가는 꽤 오랫동안 이어졌다. 한 곡이 끝나면 다시 다른 곡으로 바뀌고 사절까지 다 부른 후 반복하기도 했다.

차는 계속 어둠속을 달리고만 있었다. 어둠속에서 흔들리다 찬송을 부르다가, 자다 깨다를 반복하고 있었다. 자정이 가까워지고 있었다. 지루함을 지나서 걱정스런 분위기가 역력했다. 그때 가이드가 어둠속에서 불쑥 일어나 말했다. 우리는 지금 로마로 가는 것이 아니라 로마 근처에 있는 티볼리라는 작은 시골마을로 가고 있는 중이라 했다. 어느 항공사 사장님의 초대를 받아 그곳에서 저녁을 먹으러 가노라 했다. 자야 할 시간에 저녁을 먹으러 가다니? 그는 잠깐 말을 잇는가 싶더니만 "이제 다 왔어요."라고 말하고는 이내 마이크를 껐다. 그런데 이제는 다 왔다고 한 티볼리는 그렇게 쉽게 나오지 않았다. 차는 숫제 집도 절도 없는 비포장도로로 들어섰다. 차가 기우뚱거렸다. 창밖은 암흑, 아무런 불빛도 없었다. 그렇게 시골길을 한참을 더 달리다가 차가 멈추었다. 다 왔으니 내리라고 했다. 그런데 사실 다 온 것은 아니었다. 차가 더 이상 갈 수 없으니 걸어야 한다고 했다. 일행은 모두 차에서 내렸다. 썰렁한 밤바람이 스치고 지나갔다. 무작정 걸었다. 불빛 하나 보이지 않는 밤길을 앞 사람의 검은 그림자만 보고 한참 동안을 걸었다. 무료하게 걷는 틈틈이 동행한 항공사 직원이 "밤이니까 그렇지 낮에 가면 기가 막히게 좋습니다."라는 말을 몇 번씩 반복했다.

십여 분을 걷다가 우리는 어느 시골 농장에 도착했다. 올리브 나무가 무성한 전형적인 농가였다. 창문으로는 따뜻한 불빛이 새어나오고 있었다. 우리가 들어가자 기다렸다는 듯이 통나무식탁 위로 음식들이 나왔다. 올리브기름을 두른 샐러드가 나오고, 마늘빵이 나오고, 메인 요리가 나오고, 포도주가 나왔다. 치즈 냄새가 작은 홀에 가득했다. 우리는 꽤 오랜 시간 담소를 나누다 밖으로 나왔다. 구릿빛 얼굴의 농부는 처음이자 마지막인 낯선 이방인들에게 작별의 손을 흔들어 주었다. 밖은 환했다. 달빛 때문이었다. 우리가 늦은 저녁식사를 하는 동안 어느새 달은 중천에 걸려 있었다. 그리고 그 달빛은 올리브나무 숲 위로 가득히 쏟아져 내리고 있었다. 한없이 쏟아지는 달빛 속에서 올리브나무들이 은물결처럼 흔들렸다. 그리고 그 은빛 물결들은 조금씩 조금씩 우리를 흔들어댔다. 우리는 오던 길을 그렇게 되돌아가고 있었다. 달빛 속에 잠긴 오솔길을 조심스럽게 헤치고 나갔다. 그리고 우리는 우리 자신도 모르게 달빛 속으로 이내 빠져들었다.

누군가가 "오솔길 따라 밤길 거닐어 고운님 함께 집에 오는데……"를 불렀다. 그리고 이어서 "스토 돌라 스토 돌라 스토 돌라 품파 스토 돌라 품파 품품품"하고 후렴을 할 때 모두 따라 불렀다. 앞서 가던 사람들 속에서 웃음소리가 들렸다.

바람이 불었다. 멀리서 개 짖는 소리도 들렸다. 지금 이 순간만큼은, 이곳이 이역만리인지, 지금이 몇 시인지 그리고 얼마나 긴 여정에 힘들고 지쳤는지에 대해서 아무도 말을 꺼내지 않았다. 그냥 즐거울 뿐이었다. 그리고 이 즐거움은 우리를 행복하게 했고, 행복은 아득한 동심의 세계로 잠기게 할 뿐이었다. 앞서 가는 일행들이 무슨 말을 했는지 다시 웃음이 터졌다. 움찔하더니, 바람이 불고 올리브 숲이 달빛 속에서 잔물결처럼 일렁이고 있었다. 티볼리의 밤은 그렇게 깊어 갔다.

기도의 교훈

나는 남들처럼 특별한 계기가 되어 예수를 믿은 것은 아니다.

마치 디모데가 그 외할머니와 어머니로 이어지는 신앙의 유전으로 예수를 믿게 된 것처럼 선교 초창기에 장로님이 셨던 외할아버지와 어머니로 이어지는 신앙의 유전으로 자연스럽게 예수를 영접했으니, 마치 밥을 먹고, 잠을 자고, 학교를 가듯이 자연스러운 일이라 할 수 있을 것이다. 그래서 그런지 몰라도 큰 기복이나 굴곡 없이 하나님을 알게 된 것 또한 감사한 일이고 축복인 줄 안다.

그런데 내가 교회를 다니면서부터 두 가지 큰 신앙의 교훈을 얻은 사건이 있었는데 최초의 그것은 주일학교 때였다. 어머니는 불신가정으로 출가해 힘든 시집살이로 인하여 교회를 제대로 다닐 수 없는 환경임에도 나의 손을 잡고 주일학교로 인도해 주셨다. 그런데 가던 날이 장날이라고 요즘으로 말하면 성경학교인데 첫날, 나는 그만 어느 전도사님이 보따리를 들고 강단 앞으로 나와 "이것은 이야기보따리입니다."라고 하며 그 속에서 작은 쪽지 하나를 꺼내어 이야기를 시작하였는데 그 이야기가 너무 감동적인 나머지 눈물을 흘리며 은혜를 받았다. - 물론 그 이야기라는 것이 어느 불량배가 변하여 예수를 믿게 되고 교회에 불이 나자 불속으로 뛰어 들어가 성경책을 가져오려다 그만 불속을 빠져나오지 못한 채 죽는다는 단순한 줄거리였지만 - 처음 들은 그 이야기는 나에게 감동 그 자체였다. 그리고 그 날이 여름성경학교여서 그랬는지는 모르지만 예배가 끝난 후에는 커다란 눈깔사탕 하나씩을 나눠주는 바람에 그만 교회에 홀딱 빠져버리고 말았다. 그 후로 나는 교회 종소리만 들으면 빠짐없이 교회예배에 참석하는 열심 있는 신앙인이 되었다. 주일날뿐만 아니라 주일 밤 예배나 수요일 밤에도 빠짐없이 참석했다. 당시는 전기가 없던 시절이라 호롱불이나 램프 불을 사용하였고 예배시간 전에는 늙은 전도사님이나 사찰집사님 등이 일찍 나와서 시커멓게 그을은 호야를 닦고 등에 기름을 채워 여기저기 걸어놓고 예배를 드렸다. 예배가 끝난 다음에는 칠흑같이 어두운 밤길을 가야 하는데 그것이 늘 걱정거리였다. 인공 때 사람 죽었다는 이야기와 도깨비 이야기들이 심심찮게 돌아다니던 시절이었으니까. 나와 동생은 두 손을 꼭 잡은 채 손에 땀이 나도록 찬송가를 부르며 언덕을 넘었다. 그때 부른 찬송가는 대체로 '갈 길을 밝히 보이시니 주 앞에 빨리 나갑시다.'라든지 '하나님은 나의 목자시니 내게 부족함이 없으리로다.'라는 찬송가였는데 무서

울수록 더 큰 소리로 몇 번씩이나 반복해서 불렀다.

교인이라고 해봐야 늘 참석하던 어른들 몇 사람과 교회서 한 오리쯤 떨어진 고아원에서 단체로 온 아이들이었다. 고아가 아닌 아이로서는 나와 내 동생이 유일한 참석자였다. 그러던 어느 날 밤이었다. 예배시간에 목사님이 기도를 하는데 앞줄에 앉은 고아원 아이들 중에서 누군가가 방귀를 뀌게 되었고 그것이 웃음으로 번져 기도시간에 낄낄거리는 웃음소리가 여기저기서 들리게 되었다. 예배 분위기는 완전히 장난으로 변했다.

그때였다. 목사님이 강단의 종을 치면서 호령했다. "기도 그만!" 모두 눈을 떴다. 목사님은 사찰 집사님에게 회초리를 해 오라 명령하였다. 그리고 주일학교 어린이는 모두 종아리를 걷고 일어서라 하였다. 기도하다 말고 눈을 뜬 채 얼떨결에 일어났다. 앞에서부터 목사님은 종아리에 피가 나도록 때렸다. 사랑이 많고 인자하시던 목사님의 노한 표정을 처음으로 본 것이다. 놀라운 일이었다. 나와 동생도 종아리를 걷고 일어섰다. 가슴이 두근거렸다. 그런데 이상하게도 나와 동생 두 사람을 건너서 다시 때리기 시작한 것이다. 이유는 알 수 없었다.

예배를 드리다 말고 눈물바다가 되었다. 매타작이 끝난 뒤 목사님은 왜 기도시간에 하나님께 정성을 다해야 하는지, 예배란 무엇인가를 길게 설명하고 또 설명하셨다. 그로부터 물경 오십 년 이상의 세월이 흐른 듯하다. 이미 유년시절의 목사님은 계시지 않고 하늘나라로 가셨다. 그러나 기도의 귀한 교훈은 지금도 남아있다.

두 번째는 청년시절이었다. 나는 서울 변두리의 어느 한적한 동네에서 신앙의 맥을 이어 가고 있었다. 교인이라고 해봐야 오십여 명 남짓한 조그만 교회였다. 주일 학교 때 믿음을 회복하기 위해 나는 각고의 노력을 하고 있을 때였다. 그 날은 수요일 밤이었다. 그때 나는 생전 처음으로 이상한 광경을 목격하게 되었다. 목사님이 한참 설교 말씀을 하다가 강단에서 내려오시는 것이었다. 나뿐만 아니라 모든 교인들이 눈을 의심하고 있었다. 교회 맨 우측 앞자리에 앉아 있던 머리를 길게 풀어 헤친 어느 여자가 공중부양을 하듯 자리에서 서서히 일어나고 있었기 때문이었다. 더욱더 놀라운 사실은 그 여자의 좌우측에는 -나중에 알게 되었지만 - 시어머니와 남편이 그 여자를 팔로 끼고 못 일어나도록 눌러도 무슨 힘에 끌리듯 같이 천천히 자리에서 일어서는 것이었다. 정확한 표현으로 한다면 마치 풍선이 떠오르듯이 그렇게 떠오르고 있었다. 놀랍고도 신비한 광경이었다. 그런데 설교를 하다 말고 그 여자 앞으로 다가간 목사님이 손을 들고 그 여자를 향하여 기도하자 거짓말처럼 몸이 내려가더니 그만 늘어져 버리는 것이었다. 목사님은 땀을 닦고 교인들은 낌새를 알아채고 박수를 치며 목이 터져라 찬송을 불렀다.

누군가가 "귀신들린 여자다"라고 말하는 소리가 들렸다. 그러나 그것도 잠시 다시 그 여자는 종전과 같이 서서히 떠오르기 시작한 것이다. 두 사람이 양쪽에서 매달리고 짓눌러도 아랑곳하지 않고 또 공중으로 떠오르고 있었다. 잠시 땀을 닦고 있던 목사님의 기도가 다시 시작되었다. 그러자 다시 바람 빠진 풍선처럼 사람이 서서히 내려가더니 늘어져 버리고 말았다. 그런 일들이 예배시간에 서너 차례 반복해서 일어났다. 그리고 그날 예배는 그것으로 끝이었다.

그 이후로 나는 성경을 다시 읽게 되었다. 특별히 귀신들렸다는 부분을 정신이상쯤으로 여겼던 것이 큰 잘못임을 깨달았다. 귀신의 존재, 다시 말하면 영적인 세계의 무지에서 눈을 뜬 계기가 된 것이다. 이름 없는 변두리 교회 목회자, 몇 명 모이지 않는 성도들마저 저마다 목청껏 높여 목사님 설교가 은혜가 되지 않는다고 떠들어댔는데 그분의 기도 능력은 대단한 것이었다.

기도가 아니고는 이런 유가 나갈 수 없다는 성경 말씀을 실감한 계기였다. 그 이후로 목회하는 동안 나는 기도생활에 전심전력했다. 특별히 학생시절이나 청년시절의 확실한 기도 체험은 삶을 변화시킬 수 있다고 믿었기 때문이었다. 나쁜 습관은 누가 가르쳐 주지 않아도 저절로 습득되지만 좋은 습관은 훈련이 필요하다고 생각했다. 아침이면 습관을 좇아 감람산으로 가시던 예수님을 생각한 것이다. 특별히 학생과 청년들에게 강한 기도 훈련을 시켰다. 청년들과 밤이면 담요 한 장을 들고 산으로 함께 올라가 밤이 맞도록 기도하고 새벽이면 내려왔다. 나중에는 기도에 재미가 붙고 맛(?)이 들어서인지 시키지 않아도 밤이면 청년들이 산으로 올라갔다. 학생들도 학교 수업이 끝나면 산 밑에 모여 함께 기도한 후 귀가했다. 그 결과 목회하는 동안 많은 목회자들이 배출되어 국내서 또는 해외에서 선교사로 열심히 일하고 있다.

몇 년 전 어느 날 하남에서 목회를 하고 있는 마경훈 목사가 찾아왔다. -그도 역시 당시에 기도에 열심을 내던 학생 중 한 사람이었다. - 그리고 불쑥 책 한 권을 내밀었다. 교계에서 발행된 어느 월간지였다. 그가 가져온 책에는 이렇게 기록되어 있었다.

〈저의 영성에 크게 영향을 끼친 분은 김지원 목사님입니다. 나는 이분에게서 기도생활과 성령과 함께 하는 사역을 배웠습니다. 이분에게 배운 것이 주님 앞에 설 때가지 계속될 것입니다.〉

자세히 기억하고 있지는 못하지만 대충 이런 요지의 내용이었다. 그는 지금 열심 있는 목회자가 되어 교회도 잘 섬기고 뜨겁게 기도하며 경향 각지에 부흥회를 인도하고 다니는 훌륭한 목회자가 되었다. 심는 대로 거둔다는 말이 맞는 말이다. 더구나 눈물을 흘리며 씨를 뿌린 자는 기쁨으로 그 단을 거둔다는 말씀은 더 큰 은혜의 말씀이다. 이 모든 것이 신앙에 대한 새로운 전기를 위해 모태로부터 나를 택정하시고 발걸음을 인도해 주신 하나님의 선하신 은혜임을 믿는다.

타바 국경을 지나며

카이로 구 시가지를 지나서 차는 도심 외곽으로 들어섰다.

여기저기 건축물 폐자재 더미를 쌓아놓은 길목을 지나자 좌측으로 꼬부라진 길가에 영문으로 시내 광야라 쓴 작은 표지판이 보였고 차는 바로 그 표지판이 가리키는 방향으로 빠져나갔다.

그리고 광야 쪽으로 얼마간 달리던 차는 홍해를 목전에 두고 마지막 휴게소에 들렀다. 알 수 없는 애굽의 유행가 가락이 구성지게 흘러나오는 휴게소에서 잠시 목을 축인 후 차는 다시 출발했다.

차가 출발하자 조금 전 휴게소에서 머물 때 대한민국을 '대한민주!'라고 소리소리 외치던 이집트 청년이 생각나 웃음이 나왔다. 아마 2002년 월드컵 경기 때 박수치며 응원하던 모습을 본 것 같았다.

광야는 초입부터 메마르고 척박했다.

차창을 스치고 지나는 풍경은 황량하기만 했다. 국경수비대 병영 같은 것도 중간에 스치고 지나갔다. 탱크와 몇 문의 야포 그리고 누런 흙먼지에 덮인 막사 두어 동이 전부였다. 그리고 다시 차는 모래바람 속을 가르며 달리기 시작했다. 그리고 얼마쯤 지났을 때 가이드가 손으로 가리켰다.

"저기, 저기 보이시죠. 저기가 홍해 바답니다."

가이드가 가리킨 손가락 끝을 보니 푸른 바다는 보이지 않고 거대한 시멘트로 막은 댐의 측면만 보이는데 대형화물선 연통쯤으로 보이는 머리 부분이 좌에서 우로 미끄러지듯 움직이고 있었다.

"저것이 바답니까?"

"네, 수에즈 운합니다."

그리고 그는 수에즈 운하를 둘러싼 분쟁, 이를테면 어떻게 사다트가 당초 약속을 깨고 그 운하를 차지하게 되었는지, 그 것이 애굽에 얼마나 이익이 되는지, 그리고 나아가 애굽의 기름 값이 리터당 얼마나 되는지 등등을 설명했는데 그의 긴 설명이 채 끝나기도 전에 차는 홍해를 관통하는 지하 터널로 빠져들었다.

불과 몇 분 아니 몇 초밖에 안 걸리는 극히 짧은 시간이었다. 우리는 그렇게 홍해를 건넌 것이다.

차는 속력을 냈다. 간간히 모래바람이 불어와 시야를 뿌옇게 흐려놓다가 사라졌다. 모든 것들이 생명을 잃고 먼지가 되어 펄펄 날고 있는 듯한 모습이었다.

시내광야! 이곳이 성경에서만 듣고 보아왔던 바로 그곳이란 말인가. 이스라엘 백성들이 40년 동안이나 기를 쓰고 건너고자 했던 불모의 땅, 더러는 불뱀이 나오고, 땅이 갈라져 사람을 삼키기도 하고, 만나가 내리고, 메추라기가 날아들었던 수천 년 전의 시공의 벽을 우리는 거슬러 오르고 있었다. 광야 외에는 아무것도 보여줄 것도 없는 광야!

어느덧 미리암이 소고를 잡고 춤추던 장소쯤으로 여기던 곳도 지나고 고센 땅을 출발하고 처음으로 진을 쳤던 장소도 지나고 가도 가도 청산 안에 있었다는 옛 시인의 말처럼 우리는 가도 가도 광야길 한 가운데 있을 뿐이었다.

차창 밖에는 동일한 풍경들이 반복해서 스쳐 지나갔다. 모래, 바람, 정적, 햇빛, 그리고 다시 모래, 바람, 정적, 햇빛……. 멀리 비탈진 길에 간혹 싯딤나무 누렇게 빛바랜 그림자가 홀로 광야를 지키고 있을 뿐이었다. 사람은 그림자 하나 보이지 않았다. 왜 모세는 애굽의 영화를 버리고 이 거친 광야로 나선 것일까? 무엇 때문에, 무엇을 위하여, 그는 편안하고 안락한 생활을 버리고 험한 길을 선택했던 것일까.

한 서너 시간쯤을 달렸을까? 차는 종려나무가 우거진 광야 한복판에 우리를 내려놓았다. 마라의 샘이었다. 사흘 길을 걸어 간 후 물을 얻지 못한 이스라엘 백성들이 물을 발견하고 허겁지겁 달려들었으나 물이 써서 마실 수 없게 되어 원망과 불평을 쏟아놓은 곳, 그래서 모세가 막대기를 던져서 달게 했던 그 우물이었다.

성경을 읽을 때는 하나로 알았는데 와서 보니 하나가 아니고 둘이었다. 입구에 있는 것은 지금도 물이 가득 차 희미하게나마 옛일을 반추하고 있었고 안쪽에 있는 것은 물이 말랐는데 우물 바닥에 공교롭게도 종려나무 씨가 떨어져 어린아이 키만큼 자라나 있었다. 어린 종려나무를 물끄러미 바라보고 있노라니 예루살렘 입성할 때 사람들이 흔들어대던 그 종려나무가 생각났다. 예루살렘 입성을 미리 예비하고 있던 것은 아닐까라는 생각이 순간적으로 스치고 지나가기도 했다.

우물 주변에는 가난한 베두인 소녀들이 가판대 위에 먼지 낀 공예품 몇 가지를 벌여 놓고 팔고 있었다. 수천 년 전에도 마라의 샘에서 이스라엘 백성들은 광야 길에 목을 축이고 그렇게 떠났을 것이다. 차가 다시 움직이기 시작했다. 다시 무표정한 광야가 나타났다 차창 밖으로 사라졌다. 하루 종일 달려도 차는 동일한 시공에 머물러 있는 듯했다.

광야를 횡단하는 고속도로만 끝 간 데 없이 이어져 있을 뿐이었다. 해가 기울기 시작했다. 어둠이 내렸다. 서쪽 하늘이 붉게 물드는가 싶더니 순식간에 어둠은 온통 사방을 뒤덮어 버렸다. 일행 중 몇은 졸고 있고, 몇은 어둠 속을 응시하고 있었고, 몇은 흔들리고 있었다. 차가 라이트를 켜고 달렸다.

밤이 이슥해지자 갑자기 검은 산봉우리들이 하나 둘 차창을 스치고 지나갔다. 바위산이었다. 꿈틀거리듯 올라간 모습들이 장엄해 보였다. 직선으로 달리던 차는 이내 구불거리는 산봉우리를 끼고 이리저리 돌기 시작했다.

누군가 어둠 속에서 "시내 산이 가까워지고 있다"고 작은 소리로 말했다. 그리고 얼마 있지 않아 차는 어둠이 짙은 시내 산장에 도착하였다. 일단 숙소를 배정 받고 여정을 풀었지만 잠은 쉽게 오지 않았다. 자정쯤 산을 올라야 하기 때문이었다. 저녁은 먹는 둥 마는 둥, 잠도 자는 둥 마는 둥 선잠 속에 있던 우리는 다시 피곤한 몸을 일으켜 세웠다.

차는 성 캐더린 수도원 앞에 우리를 내려놓았다. 한 밤중 시내산 등반이 시작되었다. 손전등을 비추며 걸었다. 싸각싸각 산모래로 덮인 산길을 오르는 소리가 장엄하게 들렸다. 모래와 자갈이 뒤섞인 길이었다. 앞사람 발자국만 보고 걸었다. 먼지가 일었다. 코가 매캐했다. 갑자기 앞서 가던 사람이 낙타! 낙타! 하고 소리를 지르면서 기겁을 하고 옆으로 비켜섰다. 그럴 땐 정말 어둠 속에서 낙타가 나타났다.

일찍 시내산을 올라간 사람들이 낙타를 타고 내려오기도 하고 올라가기도 했다. 어둠 속에서 한 시간을 걸었지만 시내산은 호락호락 정복당할 기미를 보이지 않았다. 할 수 없다고 생각했는지 한 사람, 두 사람 낙타를 타고 산을 오르기 시작했다.

나중에는 거의 모든 사람들이 낙타를 타고 오르게 되었다. 약간은 불안하고, 약간은 흥분되고, 약간은 고즈넉하기까지 했다. 마치 아라비아 대상이 된 듯한 기분이었다. 한밤중에 낙타를 타고 가는 순례자의 행렬!

앞서가던 사람 중에서 누군가 노래를 불렀다.

'집을 멀리 떠나서 외로운 밤 여러 날
오늘은 남쪽바다 섬들을 찾아 갔네
푸른 물결 춤추고 흰 돛단배 오가며

햇빛은 찬란하게 온 누리를 비춰도
어이타 이 가슴에 검은 구름 날리어
갈 길만 아득하게 무서워만 가노라'

'여수'라는 제목의 노래였다. 여자였다. 우리 일행인지 아니
지는 쉽게 분간이 가지 않았다. 그 여자는 이절까지 불렀다.

'낯 설은 정거장에 황혼이 물들 때
기차는 기적소리 소리치며 떠났네.

그의 목소리는 작았다. 그리고 그 작은 목소리는 시간이 지
날수록 점점 더 작아지다가 어둠 속으로 사라졌다. 다시 긴
침묵이 흘렀다. 낙타들의 가쁜 숨결만 간간히 들렸다. 어둠
속을 얼마나 올라갔을까, 이제 낙타도 더 이상 갈 수 없는 곳
에 도착하였다. 모두들 내렸다. 낙타들이 함께 모여 있었다.
무릎 꿇고 그들은 사람들을 내려놓은 후 경건하게 합장을 하
고 있는 듯했다.
　이제 다른 방법은 없다고 했다. 모두 걸어야 한다고 했다.
어둠 속에서 다시 걷기 시작했다. 흔히 시내산을 방문하는 사
람들을 당혹케 하는 마의 칠백 계단! 바로 그 계단이 우리 앞
에 놓여 있었다. 산은 가파르고, 좁고, 험난했다. 중간 중간
헬퍼들이 쪼그리고 앉아 돈을 받고 부축해 주는 일을 하고 있
었다. 부축을 받는 일도 쉬울 것 같지 않았다. 햇볕에 새카맣
게 탄 헬퍼들은 마르고, 약하고 남루해 보였다. 오히려 부축

을 받아야 할 사람들은 우리가 아니고 그들이라고 생각했다.

오직 혼자의 힘만으로 올라가야 할 율법의 산, 시내산은 그렇게 사람들을 가르치고 있었다. 산에 오른 지 한 네 시간쯤 되어서야 가까스로 정상에 오를 수 있었다. 희미한 새벽빛 속에 모세기념교회가 그 자태를 드러내고 있었다.

바람이 불었다. 날이 밝아 오고 있었다. 어둠이 물러가고 빛이 떠오르고 있었다. 밤새 어둠 속에 갇혀 있던 것들이 눈을 뜨고 잠에서 깨어나고 있었다. 그리고 이윽고 한순간 시내산은 황금빛으로 탈바꿈하고 있었다. 장엄한 자태를 드러내고 있었다. 나무 한 그루 없는 바위산이 빛과 그림자로 묘한 대칭을 이루며 빛의 스펙트럼을 연출하고 있었다. 까마득한 산봉우리들이 끝 간 데 없이 이어져 있었고 그 사이로 빛의 해오라기들이 떼를 지어 날아오르기 시작했다. 점점 높이, 높이, 더 높이 날아오르고 있었다. 그 큰 날개를 퍼덕이며 하늘 가득히 날아오르고 있었다.

예배를 드렸다. 그리고 일행은 다시 하산을 시작했다. 내려오는 길도 멀었다. 벌써 햇볕이 따가웠다. 왜 한밤중에 시내산을 오르는지 알 것 같았다. 한참을 내려와도 우리는 그저 산속에 있었다. 해가 중천에 뜰 무렵 우리는 숙소에 도착했다. 대충 아침식사를 마치고 다시 일행은 남아 있는 광야를 건너기로 했다. 차는 다시 북쪽을 향해 달리기 시작했다.

오정쯤 되어 우리는 국경 가까이에 있는 어느 식당에 도착했다. 멀리 베두인의 집이 한 채 보이고, 싯딤나무가 보였다. 그리고 싯딤나무 아래는 검은 차도르를 쓴 베두인 늙은 여자

한 사람이 정물처럼 앉아 있었다.

멀리 홍해 푸른 물줄기가 보였다. 용케도 홍해는 우리를 잊지 않고 여기까지 따라와 주었다. 여기서 얼마 가지 않으면 이스라엘과 이집트의 접경지대인 타바 국경 검문소가 있다고 했다. 영어를 말하면 꼬치꼬치 캐묻고 시간이 오래 걸리니 모른 척하라고 했다. 어디 가나 바디 랭귀지가 최고예요! 하면서 가이드는 유쾌하게 웃었다.

점심식사를 마친 후 일행은 국경에 도착했다. 콧수염을 단 애굽의 병사가 느릿느릿 일어나 간단한 짐 조사를 한 후 몇 가지를 물었다. 일순간 일행은 모두 꿀먹은 벙어리가 되어서 서로의 얼굴만 쳐다보았다. 애굽의 병사는 딱했는지 길을 열어 주었다. 그리고 일행은 다시 이스라엘 초소에 도착했다.

이번에는 스물 안팎의 앳된 여군들이 통관 수속을 하고 있었다. 까다로웠다. 젊은 사람들은 따로 짐을 수색하고 몸 검사까지 했다. 특별히 아프리카에서 활동하다 동행한 젊은 선교사는 피부가 검게 타고 스포츠머리를 해 무장공비 후보생쯤으로 보였던지, 아니면 알카에다 사돈네 팔촌쯤으로나 된다고 생각했던지 꽤 오랫동안 조사를 했다. 몇 사람 때문에 시간이 지체되었다.

바로 발밑에는 국경까지 따라온 홍해가 출렁거리고 있었다. 한참을 지루하게 기다렸다. 일행이 이런 저런 잡담으로 무료함을 잊어버릴 때쯤 해서 마지막 남은 일행이 돌아왔다. 모두 이스라엘로 가는 차로 바꿔 탔다. 애굽에서 여기까지 줄곧 동행했던 가이드는 정들자 이별이라고 몇 마디 하다가 손을 흔

들고 돌아섰다. 여행자들은 누구나 그렇듯 헤어지는데 익숙하
게 그의 등 뒤에다 몇 마디 인사말을 건넸다. 덩달아 함께 왔
던 애굽의 광야들도 핏기 없는 손을 흔들어 주며 이별을 아쉬
워했다. 이제 이스라엘 땅으로 들어왔다. 차는 멀리 아스라이
보이는 한 점을 향해 달리기 시작했다.

가난한 아에타의 영혼들

밤새도록 찍찍거리며 창문 밖에서 도마뱀 우는 소리가 들렸다.

더위 때문에 엎치락뒤치락하다가 슬며시 잠이 들었는가 싶었는데 벌써 날이 훤히 밝았다.

해가 뜨자 다시 더위가 몰려들기 시작했다. 오늘은 어제 심방을 갔던 아닐로 마을로 출발한다. 일단 거기 도착해서 트레킹차로 갈아타고 다시 내려 산길을 한 시간쯤 걸어 올라가야 하는 강행군이 기다리고 있다. 시장에서 사온 쌀과 소금 그리고 가져온 옷 보따리 그리고 선교용품을 싣고 아침 일찍 차로 출발했다.

이번까지 필리핀에 온 것이 일곱 번째다. 한번 세미나 때문에 온 것을 제외하고는 모두 선교 때문에 방문한 것인데 올 때마다 감회가 새롭다.

가난하지만 참 평화로운 나라다. 겨울이 없이 사시사철 무성한 여름만 계속되는 상하의 나라. 호세 리잘이 그의 마지막 인사에서 노래한 '사랑하는 나의 조국 태양의 고향이여, 잃어버린 에덴동산이여'라고 한 말에서 느낄 수 있듯 어느 곳에서나 느린 평화와 고즈넉한 숨결이 깃들어 있는 곳이다.

차는 지프니와 소음으로 가득한 앙겔레스 시가지를 벗어나 햇볕에 졸고 있는 초록빛 들판을 달리고 있었다.

사탕수수밭을 지나고, 작은 시골마을을 지나고 부겐빌리아 붉은 꽃이 흐드러지게 피어 있는 들길을 달렸다. 한 두어 시간쯤 되었을까, 어제 왔던 아닐로 마을에 도착했다. 우리가 탄 승합차가 도착할 때쯤 되어 미리 약속된 산악용 트레킹차도 거의 동시에 도착했다.

우리는 서둘러 트레킹차로 옮겨 탔다. 필리핀 공군의 사격 연습이 있는 날이기 때문에 오전 중으로 들어가야 한다는 전갈 때문이었다.

우리가 탄 차에는 아닐로 교회 전도사인 제이시, 그리고 박대동 선교사와 함께 사역을 하고 있는 빠발락 교회 전도사인 레이놀드, 그리고 아에타들이 살고 있는 도라이 마을 래니 전도사도 동승했다.

차는 곧장 출발했다. 피나투보 화산 쪽을 향해서 달렸다. 포장도로가 끝나고 비포장도로로 접어들자 먼지가 일고 차가 기우뚱댔다. 멀리 붉은 연꽃이 피어 있는 큰 방죽을 끼고 아이들 멱 감는 모습이 보이다 사라졌다. 그리고 곧 이어서 군인 초소가 나타났다. 여기서 잠시 머물려 허락을 받아야 한다. 예측할 수 없는 기후와 화산 때문인 듯싶었다.

한참을 기다리다 출입허락을 받고 다시 차가 움직였다. 피나투보 화산을 보며 달렸다. 길은 없어졌다. 쑥대머리 같은 잡풀들이 화산재 위에 듬성듬성 나있고 어디서 내려오는지도 모르는 물길들이 온 들판을 질펀하게 덮고 흐르고 있었다. 일정한 방향으로 흐르는 것도 아니고 물은 그냥 온 들판을 여기저기 뒤덮은 채 흐르고 있었다. 그리고 물들은 이곳을 찾아온 모든 사람들의 발자국을 다 지워 버린 채 흐르고 있었다.

길이 없었다.

차는 방향만 정한 채 가고 있었다. 웅덩이를 지나고 물보라를 일으키며 개울 한가운데로 달리다가 다시 자갈밭 길로 들어서기도 했다. 사람 그림자 하나도 없는 아득한 들판을 두어 시간 이상 달리다 피나투보 화산 방향에서 우측으로 꺾어 들어 가파른 경사 길을 오르기 시작했다. 군데군데 대나무로 만든 원두막 같은 아에타 사람들의 집들이 나타났다가 사라졌다. 더 깊이 들어가자 골짜기가 온통 바나나 나무로 뒤덮여 있었다.

끝은 좀처럼 보이지 않았다. 그리고 보니 우리는 꽤 먼 거리를 달려온 듯했다. 서울에서 비행기로 4시간, 그리고 도착한 클락 비행장에서 박선교사의 집까지 그리고 아닐로까지 두 시간 다시 산악용 트레킹 차로 바꿔 타고 한 시간 이상을 달려온 것이다.

산속에서 갑자기 왁자지껄 아이들 말소리가 들렸다. 우리 선교 팀이 도착한다는 말을 듣고 달려나온 아이들이었다. 시커먼 물소 두 마리가 각기 수레를 끌고 나왔다. 차는 더 이상 갈 수 없었다. 다시 수레에다 물건을 옮겨 싣고 출발했다.

앞으로 걸어서 한 시간 가량, 수레를 둘러싸고 앞서거니 뒤서거니 산길을 올라갔다. 어른이건 아이들이건 모두 맨발이었다. 몸은 깡마르고, 머리는 곱슬곱슬한 것이 마치 영화 속에 나오는 아프리카 부시맨을 보는 듯했다. 남루한 옷차림의 아이들 뒤를 따라 올라가는데 땀이 비 오듯 쏟아졌다.

이곳의 가난은 생각보다 심각했다. 어제 하루 종일 아닐로 교회 교인들 집을 심방하면서 느낀 사실이다. 겉으로 본 것과 막상 문을 열고 들어가 살고 있는 모습을 보니 너무 큰 차이가 났다. 박선교사가 한 서너 집만 심방하자 했는데 그만 아닐로 교회 전도사 제이시가 신바람이 나서 먼저 앞장서 집집마다 문을 열고 다니는 바람에 그만 열 집이 넘고 말았다.

사모님은 어디로 갔는지 보이지 않고 세 살배기쯤 되어 보이는 딸을 안고 -아니 옆구리에 끼고 다닌다는 표현이 옳을 것 같았다.- 심방 다니던 제이시 전도사의 모습도 이채로웠다. 집집마다 무기력과 가난이 가득했다. 박선교사 말에 의하면 하루에 한 끼 정도로 연명하는 가정이 많다고 하니 더 무슨 설명이 필요하랴. 가난, 질병, 무지, 무기력 이런 따위들은 용케도 함께 어울려 다녔다.

어떤 여자는 피부병이 든 아이를 안고 눈물을 글썽이고 있었고 어떤 가정은 문을 열고 들어가 보니 다 해진 박스 종이 위에 누워 뒹굴다가 일어났다. 삼십대쯤 되어 보이는 성도는 목 밑에 보기에도 무거운 종양을 달고 있었고, 또 어떤 젊은 교우는 부인 암이 온 몸에 퍼져 이미 거동이 불편해 있었다. 나이를 물어보니 불과 스물여덟, 몹쓸 병마는 일찍도 찾아와 한 생애를 송두리째 무너트리고 있었다. 또 어떤 가정은 가난과 더위에 지쳤는지 아무리 불러도 대답이 없었다.

아아! 하나님, 이 흑암의 세력이 물러가게 해 주십시오. 우리는 함께 붙들고 간절히 기도했다. 힘든 심방이 끝나고 아닐로 교회전도사가 물었다. 심방을 끝낸 소감이 어떠냐고. 나는 그에게 선뜻 대답할 수 없었다. 그만큼 절망적이었다. 나는 한참 만에 대답했다.

"이 어둠의 세력을 물리쳐야 한다."고.

정말 그렇게 표현할 수밖에 없었다. 그만큼 그들의 생활은 무엇인가 깊게 짓눌려 있었다. 박 선교사가 매주 구제물품을 가지고 나눠줄 때는 삼백 명까지 모이던 교인들이 구제물자가 끊어지자 다 떨어지고 네 사람만 남았다가 다시 회복되어 이제 한 삼십 명 정도의 성도가 모인다고 하는 것만 봐도 그 형편을 짐작할 만했다.

우리 교회 청년들이 어린아이들에게 나눠 주기 위해 막대사탕을 가지고 갔는데 어른들도 많이 몰려와 어른들도 하나씩 주기로 했다. 그 중에 교회를 다니다 그만둔 어느 여자 성도도 아이들에게 나눠주는 사탕을 얻어먹으러 왔다가 붙들려 함께 예배를 드린 후 안수기도 받는 시간에 성령의 은혜가 임하였다. 그녀는 눈물을 흘리고 다시 교회 나오겠다고 고백했다. 놀라운 하나님의 은총이었다.

한 시간 가량을 걸어 올라가자 목적지인 도라이 마을이 나타났다. 사방이 바나나 나무로 뒤덮인 산, 그리고 병풍처럼 둘러싸인 분지였다. 장관이었다. 나는 평생 이렇게 많은 바나나 나무로 뒤덮인 산을 본 적이 없었다. 그리고 조금 지나자 어디선가 알 수 없는 곳에서 사람들이 하나 둘씩 모여 들기 시작했다. 어린아이에서 어른까지 남자와 여자, 개도 따라 나왔고, 닭도 따라 나왔고 돼지도 따라 나왔다.

순식간에 백여 명이 모였다. 미리 연락을 받는 아에타 사람들이 아침에 대나무로 급히 만들어 논 초막에서 우리는 감격적인 예배를 드릴 수 있었다. 성경책도 없고 찬송가도 없고 빈손으로 모였는데 새카만 눈빛들만 반짝이고 있었다.

나는 요한복음 3장 16절 말씀을 읽었다. 타갈로그어로 통역한 것은 레이놀드 전도사. 물론 그 사람들이 쓰고 있는 빵빵고라는 언어가 따로 있다지만 타갈로그어를 알아들을 수는 있다고 했다. 찬송가는 없으니 미리 준비해간 '부하이'라는 복음송가를 힘차게 불렀다. 예수님은 생명이 되신다는 내용의 가사였다.

처음 듣는 복음성가를 반 박자 늦게 소리소리 외치며 따라 부르던 아에타 아이들! 예수 그리스도의 이름이 처음으로 울려 퍼지는 감격적인 시간이었다. 우리는 함께 이 땅 끝 마을에 교회가 세워지기를 위해서 간절히 기도했다.

예배가 끝난 후 가지고 온 선교용품을 나누어 주었다.

쌀과 소금과 옷 그리고 어린아이들을 위해 준비한 과자, 풍선등도 함께 나누어 주었다.

아에타 사람들! 원래는 필리핀 원주민들이었지만 지금은 외지인들에게 주인의 자리를 내어 준 채 차별을 받으며 깊은 산

속에 모여 사는 사람들. 그 불쌍한 영혼들을 위해 하나님은
우리를 이곳까지 보내신 것이다.

예배 후 선교 팀들은 왔던 길로 다시 되돌아 산길을 내려왔
다. 그들은 우리가 내려온 후에도 하루 종일 그 초막에 모여
앉아 이야기를 할 것이라고 동행한 박선교사가 말해 주었다.

이미 점심때는 훨씬 지났지만 식당이 없어서 밥을 먹을 수
가 없었다. 온 산이 바나나 나무로 뒤덮여 있지만, 바나나가
채 열리기도 전에 꽃을 따서 시장에 내다 팔기 때문에 바나나
는 구경도 할 수 없었다. 바나나 꽃은 고급 요리에 쓰인다고
하였다.

홍수 때 마실 물이 부족하듯 바나나 나무에 포위를 당한 곳
에 살아도 바나나는 구경도 못하는 아이러니한 일이 벌어진
것이다. 일행은 산에 올라가기 전에 미리 사온 빵과 과일로
물가에 앉아 늦은 점심을 때우고 있었다. 우리가 내려오는 길
중간 중간에 아에타 아이들이 숲 속에서 나무 열매를 찾고 있
는 모습이 언뜻언뜻 보이기도 했다.

우리는 드디어 물소가 처음 짐을 싣던 지점에 도착했다. 그
리고 기다리고 있던 산악용 트레킹차에 올라탔다. 한참을 다
시 뒤뚱거리며 내려오던 차가 드디어 화산재로 덮인 평지에
도착했다.

긴장이 풀어져서인지 졸음이 쏟아졌다. 비몽사몽간에 흔들
리고 있었다. 갑자기 차가 멈춰 섰다. 우리 일행과 함께 동행
했던 아에타 마을의 전도사 래니가 이곳쯤에서 집에 가야 한
다며 내렸기 때문이다.

물론 그곳은 집도 사람 그림자도 보이지 않는 문자 그대로 광야 한복판이었다. 땡볕만 내리 쬐고 있었다. 마치 가사로 내려가는 남쪽 광야에서 에디오피아 국고를 맡은 간다게의 내시가 홀연히 길을 떠나 보이지 않은 것처럼 그는 햇볕 속으로 서서히 걸어 나갔다.

시미즈 시로우

낙엽이 지고 있었다.

만추의 가을. 교토 시가지는 온통 붉게 물든 색색의 단풍 속에 잠겨 있었다. 이미 땅에 떨어진 낙엽들은 비에 젖어 나뒹굴고 발길 가는 곳마다 추적거리는 빗소리로 가득했다.

또 한 해가 말없이 가고 있었다. 우리는 아침 일찍 오사카에서 나라로 갔다가 너무 시간이 빨라 동대사 정창원 잠긴 문 앞에서 소풍 온 일본인 학생들과 함께 사진 몇 장을 찍고 다시 교토로 왔으니, 꽤 먼 거리를 달려온 셈이었다. 그리고 우리는 천 년 역사가 숨 쉬고 있는 고색창연한 도시, 그래서 비 내리는 가을날에는 다소 우울해 보이고 허름해 보이는 시가지를 지나 한적하고, 한적하다 못해 소외된 듯한 낡은 일본식 적산가옥 앞에 서 있었다.

京都市 東山區 正面通 大和大路 西入茶 屋田丁

이총耳塚지기(?) 시미즈 시로우가 살고 있는 곳이었다. 집

바로 앞에 불쑥 솟아오른 봉분 하나. 아무런 치장도 없고 안내자도 없는 한적한 도시 변두리의 길가에 방치된 듯한. 그래서 마치 초등학생이 가슴에 이름표를 달고 있듯 간판 하나 달고 있는 그 봉분 뒤쪽에 그는 그렇게 살고 있었다. 이미 병들어 몸은 거동하기조차 힘들어 마지막 가쁜 숨을 몰아쉬면서 띄엄띄엄 말문을 이어가고 있었다. 그리고 그 말들은 처마 끝에서 떨어지는 둔탁한 가을 빗소리에 섞여 멀어졌다 가까워졌다를 반복하고 있었다.

멀리는 임진왜란으로부터 시작하여 35년 동안 식민지 통치를 했던 근세에 이르기까지, 또는 잊어버릴만하면 독도나 식민통치에 대한 허튼소리를 쏟아내는 현금에 이르기까지, 갖은 노략을 일삼으며 무고한 생명을 살해했으면서도 반성하기는커녕 오히려 뻔뻔스러운 주장을 일삼으며 딴전을 부리는 사람들을 대신하여 십자가라도 지고 싶었던 것일까.

조석으로 빗자루를 들고 봉분을 청소하던 그가 이제 마지막 숨을 헐떡거리고 있었다. 목에서 들끓는 가래소리로 사실, 무슨 말을 하고 있는지도 불분명했다.

방에는 여기저기 담배꽁초가 널브러져 있고, 악취가 진동했다. 냉기로 썰렁한 침상 위에서 조금씩 몸을 움직이기는 하지만 생명은 경각간에 달려 있는 듯했다. 이런 때에는 도대체 무슨 말을 어떻게 해야 할 것인가, 묘한 감정이 휩쓸고 지나갔다.

일본인의 양면성, 개인적으로는 예의바르고, 친절하고, 남을 배려할 줄 알고 남에게 폐를 끼치지 않는다며 일등 국민임을 자처하는 그들이 왜 집단만 되면 무례하며, 남에게 폐를 끼치며 남을 배려하지 않고, 광기를 부리는 것일까. 알 수 없는 일이었다. 일본을 가본 사람들은 누구나 느끼는 것이겠지만, 그들은 참으로 친절하고 공손하며 질서를 잘 지킨다는 사실을 알게 된다.

그들은 함부로 자동차 경적을 울리지 않으며 자전거를 타고 다닐 때는 앞에 가는 사람들이 놀랄까봐 인기척 소리 하나 내지 않고 따라오며, 마침내 앞에 가던 사람들이 어찌어찌 하다가 알고 화들짝 놀라 길을 비켜서기까지 잠자코 따라간다.

또 공중목욕탕을 가보라. 우리와는 너무나 대조적인 광경을 목격하게 될 것이다. 어린 아이들이 제 세상을 만난 듯 소리 지르며 물장구를 치며 울며불며 장난질하며 어른들의 주의에도 아랑곳하지 않고 온갖 소란을 피워대는 우리 아이들에 비해 일본의 어린 아이들은 공중질서를 지키며 떠들지 않고 조용히 어른들과 함께 어른처럼 목욕을 하고 나가는 절제된 모습을 발견하게 될 것이다.

그런데 그들은 왜, 무엇 때문에, 무엇을 위하여, 전쟁을 일으키고 선량한 이웃을 괴롭히는 것일까? 알 수 없는 일이었다. 숨을 헐떡이며 시미즈는 그를 찾아온 우리에게 그간의 사정을 띄엄띄엄 털어놓기 시작했다. 그는 태어나면서부터 이총을 보고 태어났고, 이총을 돌보던 아버지를 보며 성장했고, 그리고 조석으로 이총을 돌보던 그의 아버지가 세상을 떠나자, 대를 이어 이총을 돌보고 있다는 것을, 돌본다는 것이 고작 향을 피우거나 빗자루를 들고 봉분 주위를 청소하거나, 풀을 뽑거나, 아니면 가뭄에 콩 나듯 찾아오는 사람들을 안내하는 정도겠지만, 그는 그렇게라도 그의 선대가 저지른 죄에 대하여 속죄라도 하고 싶었던 것일까.

1592년 도요토미 히데요시가 16만 대군을 일으켜 조선반도를 침략하여 만 7년간 지속해온 임진왜란과 정유재란! 계속된 난리 통에 국토는 황폐화되고, 조선의 온 산야는 피로 물들었으며 살인과 약탈과 방화가 그치지 아니하였으니 그 참상을 어찌 다 필설로 표현할 수 있을 것인가.

7년 동안이나 지속되던 이 전쟁도 조선의 수군과 전국 각처에서 일어난 의병들로 인하여 더 이상 감당할 수 없게 되자 퇴각하기 시작했고, 퇴각할 때쯤 전공에 눈이 먼 왜병들은 무자비한 살상을 감행하여 전리품으로 코와 귀를 잘라 65만 개를 소금과 식초에 절여 끌고 가 무덤을 만들었으니 그것이 바로 이총耳塚이다. 세월이 지났지만 그 참혹함을 말로 다 표현할 수 없었으리라, 목이 떨어지고, 코와 귀가 떨어진 시신들이 온 강산을 뒤덮고, 피가 강물처럼 흘렀을 것이다.

그뿐 아니었다. 멀쩡히 살아 있는 사람의 코도 베어가 버려 전쟁이 끝난 뒤에도 수십 년 동안 조선에는 코나 귀가 없는 사람들이 거리를 배회하였고 10만 명의 사람을 노예로 끌고 가 국제 노예시장의 값이 폭락하고 가까이는 마카오, 멀리는 이태리의 피렌체까지 팔려 나갔으니 가는 곳마다 부모를 잃은 아이들의 울음소리가 천지에 진동하고, 자식을 잃은 원한이 천추에 사무쳤을 것이다.

그는 우리의 마음을 알고 있었던 것일까. 대대로 그 조상들이 조선반도에 출병해온 사실과 본인도 일본군으로서 한반도와 만주까지 출병하였다는 사실을 중얼거리듯 내뱉고 있었다. 그리고 그는 자녀들이 도쿄에 살고 있다는 사실과 최근에는 이총을 찾아오는 사람들이 별로 없다는 이야기와 도우미들이 일주일에 두어 번씩 찾아와 청소를 해주고, 기저귀를 갈아주고, 빨래를 해준다는 이야기 등을 두서없이 해대고 있었다.

밖에는 둔탁한 가을 빗소리가 점점 더 거세지고 있었다. 방에 들어가지도 못하고 우산을 받쳐 든 채 밖에 서서 문틈으로 한식경이나 그의 말을 듣던 우리 일행은 그만 발걸음을 돌릴 수밖에 없었다. 노인은 숨이 가빠오고, 할 말을 다 한 듯했고, 우리도 더 들을 말도 없었다.

그동안 그들은 염장한 귀와 코를 땅에 묻은 채 꿀 먹은 병어리처럼 세월을 보내다가 377년이 지난 1969년 4월 12일에서야 그야말로 집도 절도 아닌 이름하여 호코시方廣寺절 석축 및 석탑이라는 어정쩡한 간판 하나 달랑 세워놓고, 공양의식을 거행하였다니, 이따위 의식만 하면 죽은 자들이 위로를 받는다고 생각했던 것일까.

그것도 늦게나마 찾아오기 시작한 한국인들과 재일교포들과 사회 일각의 소리가 높아지자 교토시에서는 단 한 마디 사죄의 문구도 없이 '조선반도 침공은 조선 민중의 끊임없는 저항으로 패퇴하고 말았다. 전란이 남긴 이 흔적은 조선 민중의 수난의 역사적 교훈으로 오늘날까지 전해지고 있다'며 마치 자기네들과는 상관없는 제삼자의 일을 객관적으로 서술하고 있는 듯한 어정쩡한 말을 써 놓았을 뿐이다.

그나마 교토에는 간판이나 봉분이라도 있지, 그밖에 어디에

묻혔는지도 모르는 수많은 이총이 있다니 참으로 기가 막힐 노릇이다. 오카야마 현에는 일본 패잔병 나카지마가 가져온 이총이 길가에 돌멩이 몇 개로 표시되어 있고, 이곳은 가끔 귀먹은 늙은이들이 찾아와 촛불을 켜놓고 길가에 앉아 그곳에서 기도를 드린다니 더 무슨 말이 필요하겠는가.

그곳을 떠난 지도 벌써 몇 해가 지났다. 정말 세월은 빠르다. 나는 때때로 생각한다. 쓸쓸한 가을비 속에 젖어 있는 봉분과 교토 시가지의 음울한 모습, 낡은 적산가옥 양철지붕에 떨어지던 빗소리, 그리고 목에 가래가 끓어 가쁜 숨을 몰아쉬던 시미즈 시로우의 모습과 담배 꽁초가 널브러진 방안, 그리고 한 번씩 움직일 때마다 들리던 낡은 침대의 삐걱거리던 소리를……

그는 죽었을까? 물론 죽었을 것이다. 지금쯤이면 그는 죽어 백골이 진토되어 넋이라도 있고 없고 정도는 되었을 것이다. 물론 한 사람의 죽음이 중요한 것은 아니다. 또 그것을 말하려는 것도 아니다. 최소한 일본이 그들 말처럼 일등국민이 되려면 양심의 소리에 귀를 기울일 줄 아는 사람이 되어야 한다는 뜻이다. 역사적인 진실을 외면한 채 이총 앞에다 촛불을 밝혀두고 귀머거리의 귀가 열리기만을 기도하는 무지몽매한 백성들이라면 희망은 없다. 경제발전이고 나발이고, 대국이고 소국이고 뭐가 그리 대단한가. 쓰나미가 한번 휩쓸고 가면 끝장인데. 물경 일본 인구 일억 이천만!

시미즈 시로우처럼 속죄의 빗자루를 들 사람이 더는 없는 것인가.

일본의 급선무

"처처에 기근과 지진이 있으리니……."

이 말씀은 성경이 기록하고 있는 종말의 한 현상이다. 일본에는 유난히 지진이 많다. 그렇다면 일본은 특별히 종말을 많이 체험하고 있는 나라인가. 아마, 모르긴 몰라도 그들 중 하나라는 생각이 든다. 물론 지진 발생은 지각변동 때문이라든지, 아니면 태평양판과 아시아판이 서로 부딪쳐 일어난다든지, 활성단층 때문이라든지 아무튼 이런저런 이유 때문에 일어난 것이 분명하지만 기실, 천길 땅속에서 일어나는 일이므로 알 길이 없다. 그런 의미에서 일본에 가서 고베 지진 박물관을 방문한 것은 여러 가지로 의미 있는 일이었다.

사실, 지진의 무풍지대인 한반도에 살고 있는 우리로서는 - 물론 느끼지 못한 정도의 미세한 지진은 계속 일어나고 있다고 하지만 - 지진의 폐해에 대해서는 잘 느끼지도 못하고 실감도 나지 않는다. 그런데 막상, 고베 지진 박물관을 보고 나니 지진의 참상은 분명 내 상상을 초월하고 있었다. 지진이 나서 땅이 흔들리고 사람이 죽고 하는 정도의 단순한 과정정도로만 알고 있었는데 그것이 아니었다. 물론 지진의 전 과정을 영화화하면서 설치한 음향시설이라든지, 입체화된 촬영이라든지 하는 점도 있었겠지만, 한 마디로 공포였다. 만약, 이 세상의 종말이 온다면 저렇게 오지 않겠느냐는 생각에 소름이 끼칠 정도였다. 순식간에 길들이 엿가락처럼 휘어지고, 건물들이 마른 장작단 무너지듯 무너지고, 전동차가 뒤틀려 넘어지고, 풀썩거리며 주저앉은 건물 잔해에서는 화재가 발생하고, 사람들이 건물 잔해에 끼어 피를 흘리고, 죽고, 울부짖고, 치솟는 불길 사이로 구급차는 미친 듯이 달리고 아, 온 세상이 한순간 절망으로 빠져든 느낌이었다.

특별히 기록 영화는 한 지역 한 지역을 구분지어 보여주는데 지진이 오기 전까지 침묵 속에 잠겨 있는 모습은 팽팽한 긴장을 몰고 왔고 죽음의 발자국처럼 들려오는 시계의 초침 소리는 전율을 느끼게 했다.

영화는 계속되었다. 한 차례 지진이 지나간 후 사망자와 부상자들을 부산히 실어 나르고, 넓은 체육관에는 졸지에 이재민이 된 사람들이 모여 기거를 하고, 더러는 조립식 가건물에서 겨우 살아남아 힘들게 살아가는 모습을 보여주었다. 그리고 그 비극적인 상황을 지진 속에서 부모를 잃어버린 한 소녀의 음성을 통하여 낭랑한 목소리로 들려주고 있었다.

그 다음은 복구 과정이었다. 잔해를 치우고, 새로 집을 집고, 슬픔을 뒤로하고 다시 이사를 하고, 새로운 출발을 하는 과정을 보여주었다. 한참 만에 영화는 끝났다.

영화를 관람한 후에는 실제로 당시 현장에 있던 지진의 잔해물들을 그대로 옮겨놓아 그날의 끔찍했던 참상을 더욱 실감나게 만들었다.

학생들도 많이 와서 단체로 관람을 하고 있었고 지진이 올 때 어떻게 대처해야 할 것인가를 가르치고 있었고 집을 지을 때는 어떻게 내진 설계를 해야 하는가를 자료실, 방재체험 공간 등을 세분하여 만들어 놓고 학습을 시키고 있었다. 그러니까 지진 재해로부터 복구에 이르기까지, 전 과정을 총체적으로 가르치고 학습과정을 제공하는 살아 있는 체험장인 셈이었다. 또 자료실에서는 한신 이와지 대지진의(고베 대지진의 공식명칭) 방재에 관한 자료를 수집해서 보존하고, 공개도 하고 있었다. 두어 시간 동안 말로만 듣던 고베 대지진의 참상을 돌아보고 나왔다. 말끔하게 지은 현대식 8층 건물인 박물관 벽에는 1995. 1. 17일 그 날을 잊지 말자고 영어로 써 있었다. 그런데 그럼에도 불구하고, 관람을 마치고 돌아 나온 마음 한편에 무언가 잃어버린 것 같은 허전한 마음을 못내 떨쳐버릴 수 없었다. 그것은 지진영화의 맨 마지막 부분, 그러니까 지진재해 복구를 다 마친 후 끝맺음을 할 때 내레이터가 들려주던 한 마디의 말 때문이었다.

"이로써 인간의 위대함이 얼마나 큰가를 알 수 있다."

기가 막힌 말이었다. 죽지 못해 간신히 살아남은 자가, 비참하게 죽어가던 가족들을 생땅에 묻고 그렇게 화려한 문명의 이기들이 순식간에 종잇장처럼 구겨지고 불타는 것을 보고 내뱉는 말이 고작 그거란 말인가.

참새가 죽어도 짹 한다더니 글쎄, 진도 7.2의 지진으로 불과 11초 동안에 25만 명의 이재민이 발생했으며 6,434명이 죽고 43,792명이 부상당하고 104,906채의 주택이 전파되고 400억 불의 재산피해가 나서 순식간에 고베시가 빚 덩이 시로 변하고 걸음아 날 살려라 하고 도망치다 겨우 살아남은 목숨이, 그리고 세계 각처에서 구호품과 구호대 파견으로 도움을 받고 겨우 목숨만 부지하고 있는 주제에 이제 급한 불은 껐다고 한 말이 그것인가.

씁쓸했다. 최소한도 그 정도의 말을 하려면 슈퍼맨 같은 힘을 발휘하여 신출귀몰하게 지진을 막고, 사람을 구하고, 간단히 복구를 끝내고, 세계 각국의 도움도 뿌리치고, 뒷짐을 지고, 헛기침을 한번 크게 한 다음에 해야 할 것이다.

차라리 위대한 자연의 힘 앞에 인간은 '인간이 쌓은 물질문명이 얼마나 무력한가를 느끼는 순간이었습니다.'라고 마지막 멘트를 했더라면 좋았을 텐데, 아니 더 감동적이었을 텐데. 뒷말이 개운치 않았다. 일본의 지진은 어제 오늘 일이 아니다. 밥 먹듯 잠자듯 지진과 함께 사는 사람들이다. 그러기에 그들은 지진에 대하여 많이 알고, 대비도 잘하며 재난에 대비한 훈련도 훌륭하다.

그러나 한 가지 부족한 것이 있다. 그것은 대자연 앞에 겸손이다. 좀 더 낮아져야 한다. 그것이 지진의 피해를 줄이는 길이요, 재난 복구에 앞서 해야 할 일본의 급선무이다.

나의 신앙 나의 문학

나는 열여섯 살 되던 어느 날 밤부터 글을 쓰기 시작했다.

누가 글을 쓰라고 시켜서 쓴 것도 아니고 그 당시에 요즘처럼 논술고사를 준비하느라 연습 삼아 쓴 것도 아니고 명작을 읽고 감동을 받은 나머지 쓴 것도 아니었다. ─ 내가 자라던 시대에는 누구나 다 그런 세상을 보냈지만 ─ 책 한 권 변변히 읽을 수 없는 조악한 환경에서 어른들이 읽다 버린 야담과 실화, 고금소총, 로맨스나 명랑, 아리랑 등을 눈 흘겨보던 때였고 간혹 장화홍련전이나 정만서의 만화 따위를 눈동냥하던 시절이었으니까 요즘처럼 컴퓨터만 두들겨대면 요술 상자처럼 무엇이든지 고개를 내미는 대명천지와는 번지수가 한참은 다른 세상이었다.

그런데 나는 어느 날 밤 갑자기 인생의 사생결단할 일이라도 있는 양 글쓰기를 시작한 것이다. 그 일은 나나 주변에 있는 사람들을 퍽 난감케 하는 일이었다. 공부를 하는 줄 알았는데 밤늦도록 불을 밝히고 글을 쓰고 있는 나를 집에서는 별로 달가워하지 않았고 가끔 글쓰기를 해서 받아온 상도 그저 시큰둥하기만 하였는데 그 이유는 하라는 공부는 하지 않고 딴 짓거리 한다는 것이었고 또 글을 쓰면 가난하게 산다는 것이었다.

그러나 그럼에도 불구하고 그러면 그럴수록 나는 이상한 저항감을 느끼며 글쓰기에 몰두했는데 사실 내용이라는 것이 빈약하고 보잘 것 없는 것이어서 대부분 방향도 주제도 분명치 않은 잡다한 소리들로 아침이 되면 자괴스럽기 짝이 없어 찢어버리기 일쑤였고 덕분에 여우 밥처럼 무엇을 아침마다 그렇게 하얗게 찢어 버리느냐는 어머니의 핀잔을 듣기도 하였다. 그러나 그때로부터 시작한 이 일을 지금까지 계속해 오고 있다. 물론 목회자의 길을 가면서 의도적으로 글쓰기를 멀리한 때가 있었는데 그 기간을 제외하고는 쓰다 말다 하다 말다한 이 일을 꽤 오랫동안 끈질기게 계속해 오고 있는 것이다. 도대체 무엇 때문에 왜 글을 쓰는가? 시란 무엇인가? 나는 첫 시집 「다시 시작하는 나라」의 머리글에서 당시 내 생각을 이렇게 적었다.

'한때 나의 신경은 매우 날카로워져 있었다. 그런데 의사의 권유로 우유를 조금씩 마시기 시작했다. 그래서 그런지 내 몸은 많이 회복되고 마음도 편안하고 하여 이전까지 날카로웠던 표현들도 부드러운 리듬을 타기 시작했다. 의사의 말로는 칼슘이 좀 부족한 것 같다는 것이었다. 그 이후로 나는 시를 뽕잎을 먹고 뽕잎 똥을 누는 누에쯤으로 그의 두벌 잠 내지는 세벌 잠쯤으로 그 이상은 명주실쯤으로 그 이상은 동지섣달 긴긴밤 꾸는 오줌 누는 꿈쯤으로 그 이상은 조건 반사쯤으로 그 상은 까마귀 똥도 약이라고 하니 강물에 갈기는 것쯤으로 그 이상은 자갈논쯤으로 그 이상은 쓰레기 종량제 실시로 찢는 것도 심사숙고해야 할 것쯤으로 생각하게 되었다. 그런데 나는 왜 이 일에 대하여 여태껏 손을 떼지 못하고 있는가?'

이상은 첫 번째 시집 서두에 두서없이 쓴 몇 마디 자서의 글이다.

내 창작에는 두 가지 에너지원이 있는데 하나는 고향이고 하나는 신앙이다. 전라남도 영암군 영암읍 교동리 383번지, 내 고향은 그곳이다. 꽃피는 산골도 아니고 그 파란 물 눈에 보이는 그리운 남쪽 바다도 아니다. 황량한 들판과 대나무 숲과 늘 우울한 구름에 싸여 있던 천황봉과 개호랑이의 전설과 거지 쌀봉이에 대한 이야기와 인공 때 방공호에서 죽은 사람들 이야기와 거기에 걸맞게 봄이면 지천으로 물들이던 핏빛 진달래와 자지러지게 땅을 차고 날던 보리밭 위에 종달새, 그리고 가난한 초가집들이 이마를 마주하고 있는 그런 곳이었다.

사람들은 우리 집을 풍옥정집이라고 불렀다. 이는 나의 삼대 조부님이 집 뒷동산에 만든 정자를 말하는데 정자가 있는 집 또는 대단히 부잣집이라는 의미도 포함하고 있었다.

그러나 내가 성장하면서 바라본 우리 집은 그렇게 부잣집이 아니었다. 이승만 박사의 토지개혁으로 백 마지기를 제외한 전답들이 하루아침에 소작농들에게 돌아가므로 소작농들이 하루아침에 완장차고 큰기침하는 세상이 되었고 그것을 정점으로 하여 우리 집의 가세는 기울기 시작했다. 풍옥정집!

그 이름에 걸맞게 우리 집은 바람도 많았다. 봄이면 월출산 푸른 보리 이랑을 타고 어디선가 포근한 봄바람이 불어왔다. 여름이면 천황봉 개호랑이의 전설을 실은 바람이 불어오고 장맛비라도 내리는 날이면 대숲에 이는 바람과 후둑이는 빗소리가 어우러져 온갖 소리들이 하모니를 이루기도 하였다. 가을이면 소슬한 바람이 불고 추수가 끝나버린 황량한 빈 들판을 건너오는 바람은 솟을대문을 유난히 흔들어 댔다.

잠결에 간간히 부러져 내리는 늙은 팽나무의 죽은 삭정이 흩날리는 소리가 들리고 그럴 때면 뿌연 달빛을 타고 섬돌 밑에 귀뚜라미 돌돌거리는 소리가 마당 댓돌 아래 여기저기 굴러다니기도 했다.

겨울이 되면 짚시락 붉게 언 고드름 사이로 어룽어룽 눈이 내리고 신작로 살얼음 낀 발자국 위로 어둠이 내렸다. 그 즈음 아버지는 '오늘도 해는 지고 눈보라는 날린다. 아득한 벌판 위에 누굴 찾아 헤매나.'라는 노래를 반복하여 부르셨다. 나는 지금도 그 출처가 분명치 않은 유행가 가사의 한 소절을 반복해서 또는 휘파람으로 부르시던 아버지를 생각한다.

이승만 박사의 토지개혁 이후로 아버지는 정부미 대행사업을 하였지만 사업은 순조롭지 못했다. 말하기 좋아하는 사람들은 천석꾼도 하루아침이라고 했고 부자가 삼대 가니 망한다고 떠들고 다녔다. 밤으로 머슴들이 도망갔다. 밤새도록 대문을 삐걱거리며 이불, 밥그릇, 고리짝, 쌀 그리고 새로 산 물동이까지 가지고 줄행랑을 쳤다.

머슴들이 도망간 뒤란은 더 무거운 정적에 잠겼다. 하여튼 그 해 내가 초등학교 4학년쯤 되었을 때 한번은 모진 바람이 불었다. 갑자기 단축 수업을 한 선생님은 서둘러 종례를 마치고 돌아가라고 했다. 선생님은 잔뜩 긴장된 얼굴을 하고 서서 말하기를 "어서, 어서들 돌아가거라. 이번 태풍은 엄청난 것이다. 집도 날려 버린다. 가게도, 전봇대도 다 날려버린다."

"집도 날려버린다고?" 우리는 서로 마주보며 말을 잇지 못했다. 선생님은 우리가 교실을 나서기 전 마지막으로 다시 말했다. "가다, 바람을 만나거든 엎드려라. 몸을 낮추고 아예, 땅바닥에 바싹 엎드려라 그래야 산다." 우리는 집으로 내달렸다. 양철필통 속에 연필 소리가 유난히 짤랑거렸다. 가쁜 숨을 몰아쉬면서 뛰었다. "바람을 만나거든 엎드려라 몸을 낮추어야 산다"는 선생님의 말씀이 귓전에서 웅웅거렸다.

정말이지, 그날 밤으로 바람은 엄청난 소리를 내며 온 마을을 휩쓸고 지나갔다. 밤새도록 세상의 모든 것을 다 날려 보내겠노라 요동을 쳤다. 아침이 되자 지붕의 용마름이 다 뒤집혀 있었다. 전봇대가 뽑히고 뿌리가 약한 나무들은 다 나자빠져 있었다. 학교에 가보니 교실이 없어져 버렸다. 바람에 날아가 버린 것이다. 학교길이 허전해 보였다.

며칠 후 우리는 천막을 치고 공부를 했다. 천막의 뚫린 구멍으로 언뜻언뜻 푸른 하늘이 보였다. 물이 괸 운동장에는 장구애비들이 꼬물거렸다.

"사라혼가 뭔가 정말 지독한 바람이네."

어머니가 말했다. 그리고 해가 바뀌자 아버지는 새로운 직장 때문에 영광으로 가셨다. 그리고 이어서 어머니와 어린 동생들도 말없이 아버지 뒤를 따라 하나 둘 집을 떠나 버렸고 큰 집은 텅 비어 정적에 휩싸였다. 나는 혼자서 집을 지키면서 긴긴 여름 해를 보냈다. 방에 있다가 새들이 우는 소리를 듣고 밖에 나와 보면 썩은 용마름을 타고 지붕에서 뱀들이 떨어져 꿈틀거렸다. 하루 종일 사람 그림자 하나 보이지 않고 하얀 신작로 길 위로 땡볕만 가득히 쏟아졌다.

독새풀 우거진 새로 꽃뱀들이 지나가고, 쇠비름 돋아난 마당 위로는 새빨간 고추잠자리 떼들이 제트 편대처럼 날고 있었다. 살구나무 위에 세월 매미들은 기울어가는 석양을 바라보면서 기를 쓰고 울어댔고 뒤란 장독대 주변에는 송장메뚜기들이 뛰어다녔다.

동네를 한 바퀴 돌고 와 떨어진 감을 우려 논 오가리를 열면 이빨 자국만 가득한 땡감들이 둥둥 떠 있었다. 당시 나의 일과란 학교 갔다 온 후면 날마다 차부에 나가 어머니를 기다리는 일이었다.

그러나 어머니는 쉽게 오시지 않았다. 이따금 한 대씩 지나는 차들은 낯선 사람들만 내려 논 채 어디론가 사라졌다. 지루한 기다림의 시간들이었다. 그렇게 이태를 보내고 6학년이 된 나는 여름방학을 맞아 아버지가 계신 곳으로 가게 되었다. 방학기간 동안 잠깐 동안 다니러 간 것이다. 그러나 방학이 지나고 구월이 다 지났어도 나는 고향으로 돌아가지 못하고 아버지가 계신 곳에 주저앉고 말았다.

하루는 어머니가 나를 부르더니 너 아버지가 언제 갈 거냐 묻거든 안 간다고 말해라고 했다. 방학이 끝날 때쯤 아버지가 물었다. "언제갈래?" "나 집에 안갑니다." 나는 어머니가 시킨 대로 완강하게 대답했다. 그것으로 끝이었다.

영광에서 새로운 생활이 시작되었다. 조그만 단칸방에서 육 형제가 모여 지냈다. 이곳은 고향의 학교 풍경과는 사뭇 달랐다. 학교도 이층이고, 아침마다 "외국산만 좋다 말라 마음마저 빼앗길라"라는 문화연필 노래가 경쾌하게 흘러나왔다. 삼사 개월이 지난 후 나는 초등학교를 졸업했다. 졸업식장은 순전히 낯선 얼굴들 뿐이었다. 누가 동창인지 모르고, 지금도 그때 찍은 사진을 보면 아무도 알 만한 사람이 없다. 아무튼 사람이든 나무든 뿌리째 뽑아 삶의 터전을 옮긴다는 것은 얼마나 낯설고 힘든 일인가.

겨울에는 눈이 많이 내렸다.

"영광은 옛날부터 눈이 많은 곳이다."

빗자루를 들고 아침에 토방까지 들이친 눈을 쓸면서 어머니가 하신 말씀이었다. 정말 눈이 많이 왔다. 생전 처음 보는 눈이 발이 빠질 만큼 내렸다. 그리고 그런 눈이 그해 겨울 내내 이어졌다. 경이롭기까지 했다.

시골 중학교에 들어갔다. 공부는 별반 흥미가 없었고 겨우 학교에서 내준 숙제나 하고 책장을 덮었다. 학교가 끝나면 아이들과 어울려 저수지에 가서 멱감기, 자운영 심어 논 논밭을 뛰어다니면서 개구리잡기, 이웃 동네 아이들과 새끼줄로 만든 공을 가지고 축구시합하기, 마을 회관 앞에 있는 철봉이나 평행봉 매달리기, 남의 집 앞에 세워둔 짐받이 자전거를 끌고와 몰래 자전거 타는 연습 등을 하였다.

그런데 어느 날 학교에 갔더니 담임선생님이 아침 조회시간에 말하길 학교에서 웅변대회가 있는데 누가 우리 반 대표로 나가야 한다는 것이었다. 그러나 아무도 손을 드는 사람이 없었다. 나는 사실, 초등학교 시절부터 웅변을 몹시 하고 싶었다. 특별히 웅변대회 나가기 전 연사가 날달걀을 하나씩 깨먹는 모습이 부러웠다. 열변을 토하는 모습도 선망의 대상이었다.

그러나 어찌된 일인지 그럴 기회가 쉽게 오질 않았다. 그러던 중 선생님의 말씀을 듣자 나도 모르게 손을 번쩍 들고 만 것이다. 막상 손을 들긴 했지만, 생전 웅변을 해본 경험이 없는 데다가 원고를 쓰는 일이 무엇보다 난감했다. 조금 아는 지인들을 찾아다니며 원고를 부탁했으나 일언지하에 거절당했다. 집에 돌아오는 길에 서점에 들려 〈백 만인의 웅변술〉이란 책을 한 권 샀다. 그 내용은 〈시저와 부르터스〉가 서로 로마 군중들을 향해 회유하던 내용을 번역한 것이라 생각되어졌다. 주제인 반공과는 거리가 멀고 5.16 군사혁명과는 더더욱 거리가 멀었다.

그러나 시간은 임박하고 방법은 없었다. 밤을 새워 혼자서 7분짜리 원고를 끙끙거리며 써가지고 담임선생님께 갔다. 그런데 선생님은 한참 동안 멍하니 쳐다보시더니 "이거 정말 네가 썼나?"였다. 그리고 이어서 감격스러운 표정으로 말하기를 "중학교 1학년이 이런 글을 쓰다니!"였다. 그리고 그것도 부족

해서 종례시간에 모든 학생들 앞에서 큰기침을 두어 번 하고 뜸을 한번 들이시더니 나의 원고에 대해 제삼, 제사의 찬사를 아끼지 아니하셨다.

그 이름하여 김남학 선생님! 위대한 스승이셨다. 나는 고무 되었다. 그래서 그때부터 동네에 개구리 잡으러 다니는 아이들을 몰고 물무산이라는 앞산으로 달려가 바위를 강단삼아 열심히 웅변연습을 하고 외쳤다. 시계가 귀한 시절이니 시간을 알 턱이 없었지만, 열심을 다해서 원고를 외우고 아이들을 청중삼아 연습을 했다. 그리고 드디어 웅변대회가 열렸다. 3등이었다. 등수와 상관없이 나는 하늘을 나는 듯한 기분이었다. 그것을 계기로 3년 동안 웅변에만 몰두하였다. 그리고 졸업할 즈음 그런 공로로 문화상을 받기도 했다.

3년의 세월은 빠르게 지나갔다. 그리고 아버지는 내가 중학교 졸업 6개월을 남겨 놓고 광주로 전근을 가셨다. 식구들은 다시 광주로 이삿짐을 싸들고 썰물처럼 빠져나갔다. 고등학교 졸업 6개월을 남겨둔 누님과 남의 집에 하숙생처럼 남게 되었다. 졸업하기까지 6개월은 퍽이나 길게 느껴졌다.

불편한 날들이 계속되었다. 십대에는 누구나 그런 시간을 보내지만 인생이 보일 듯 말듯하여 고민도 많고 밤에는 잠도 잘 오지 않았다. 그때쯤 누군가 동네 야산에 올라가 트럼펫을 불었다. 제목은 잘 모르지만 어느 영화 주제곡이라고 생각되었다.

'아름다운 젊은 날에 꿈도 푸른 그 희망을 수놓은 가슴에 영원히 간직해 날이 새면 언제나 찾으려는 진리 떨어지는 꽃 한

송이 외로워서 눈물짓노라.'라는 가사였다. 어느 때는 '아 목
동아'를 부르기도 하였고 또 어느 때는 '바위고개'를 불렀는데
밤 열 시 전후였다고 생각되었다. 나팔 소리를 들으며 작은
시골 마을은 하나 둘 소등을 했다. 나도 그 소리를 들으며 잠
을 청했다. 나팔 소리를 들으면 아득한 평화가 찾아오고, 그
리움이 밀려오기도 했다.

그곳을 떠나 광주로 올 때까지 나팔소리는 계속되었다. 한
밤에 들려오던 트럼펫소리! 그것 때문이었을까. 영광은 나에
게 항상 아름다운 추억으로 자리 잡고 있다.

광주에서의 생활이 시작되었다.

골목길에서 또 다른 골목길로 해마다 이사를 다니기도 했고
해를 걸러 다니기도 했다. 어머니는 이사를 다닐 때마다 '내
입이 방정'이란 말을 되풀이하셨다. 고향집이 너무 커서 앞마
당에 풀을 매고 나면 뒷마당에 벌써 풀이 돋는다며 집이 크다
불평했는데 말이 씨가 됐다고 한탄을 하셨다.

아무튼 우리 식구들은 힘겹게 살아가고 있었다. 아버지는
세무공무원이었지만 너무 올곧아 우리 집은 늘 물질적으로 어
려움 가운데 살게 되었다. 어느 날 심방을 온 목사님은 우리
형편을 보시더니 "집사님(어머님이 당시에는 집사직분을 가지고 있
었다) 너무 힘들어 보이는데 십일조를 드리지 말고 십일조에
서 감사헌금과 주일 헌금 등을 나눠드리십시오."라고 말하였
다. 어머니는 목사님이 하신 말씀이고 보니 그 말대로 곧 실
천하셨다. 그러나 6개월이 지난 후 어머니는 다시 온전한 십
일조를 드리셨다. 그 이유는 간단했다. 십일조 생활을 하지

않으니 경제적으로 어려움은 더 가중되고 힘들다는 것이었다. 그래서 성경말씀대로 십일조 생활을 해야겠다고 말씀하셨다. 어머니는 장로님 딸로서 불신가정에 시집오셔서 내 손목을 잡고 주일학교에 넣어 주시더니 몸소 하나님께 드리는 법을, 정직하게 사는 법을, 원수를 사랑하는 법을 가르치고 실천하셨다. 사실 나뿐만 아니라 모든 식구들이 고향을 떠나면서 흐지부지 되고 말았던 신앙생활을 광주로 이사 오면서 다시 회복하게 된 것이다.

고등학교에 들어갔다. 미션스쿨이었다. 학교에서 매주 채플 시간이 있었다. 밤마다 공부는 하지 않고 글을 쓰고 쓴 글을 찢어버리는 일만 반복하고 있었다. 그런데 어느 날 학교에 갔더니 백일장이 열린다고 했다. 학교에서 공부 외에 이런 일도 다 있다니! 생각하니 가슴이 벅찼다. 주제는 새마을 운동인가 아니면 반공인가 잘 기억이 나지 않았지만 아무튼 둘 중 하나라고 생각되었다.

집에서 밤잠을 자지 않고 끄적거리던 실력으로 몇 자를 쓰고 원고지를 냈는데 한 주간이 지나고 월요일 아침 조회시간이 되자 전교생이 모여 시상식을 하는데 장원이라며 내 이름을 불렀다. 그리고 또 며칠이 지나자 선배들이 교실로 찾아와서 김지원이가 누구냐고 물었다. 왜 그러느냐 물으니 교내 문학동인회가 있으니 함께 참여하자고 하였다.

그래서 동인회에 들어갔는데 상급생들이 새로 회원이 생겼다고 박수를 치고 환영해 주었다. 교내 지아池雅라는 문학동인이었다. 당시 지도는 황양수 선생님이었다.(후에 목회자가 되었음). 당시는 다 그랬지만 1년에 한 차례씩 동인지를 만들었다. 직접 글을 골필로 쓰고 등사지에다 밤새워 등사를 해서 책을 만드는 일을 했다. 글씨는 여러 사람이 쓰다 보니 체가 달랐고 어쩌다 잘못해서 등사 잉크가 묻게 되면 온통 책에 범벅이 되기도 했다.

당시 교내 문학 동인으로 한 삼십여 명이 되었는데 꽤나 활발히 모임을 갖고 작품 품평회를 갖기도 하였다. 나는 상을 한번 받은 것에 고무되어 글을 썼는데 당시 전국 고등학생 현상 문예 콩쿨을 각 대학에서 개최했는데 모대학교에서 모집한 현상문예에 30매 짜리 〈막차〉란 단편소설을 써서 입선하기도 했다. 고등학교 1학년 때였다. 그 내용은 기지촌에서 일어난 일을 배경으로 하고 있었는데 첫 번째 전국대회에 입상한 작품이기도 해서 지금도 그 원고를 소중히 보관하고 있다.

글을 쓰면서 상을 받는다는 것이 꼭 좋은 것만은 아니지만 창작의욕을 고취시킨다는 점에서는 긍정적인 평가를 할 수 있을 것 같다. 그런 측면에서 문학이 나에게 활력소가 되었는가 하면 오랫동안 상처로 남은 일도 있었다.

작문시간이었다. 작문시험은 따로 시험을 보는 것이 아니라 한 사람씩 공통된 주제에 의해 글을 쓰고 앞에 나가서 낭독하는 것이었다. 그러면 그 작품 내용을 듣고 작문선생님이 한 사람씩 중간고사 대신 채점을 함과 동시에 작품에 대해서 지도하는 형식이었다. 번호 순서대로 한 사람씩 앞에 불리어 나갔다. 그리고 드디어 내 차례가 되었다. 앞에 나가서 학생들이 글을 읽으면 중간쯤 되어서 "이제 그만 들어가!", "그만 들

어가!" 하던 선생님이 내가 나가서 끝까지 다 읽도록 아무말
씀도 없었다. 사방이 갑자기 조용해진 듯한 느낌이 들었다.
이윽고 들어가려는 찰나에 "야, 그런데 그것 네가 썼냐?" 하고
물었다. 어리둥절했다. 그러나 잠시 잠깐 동안 그 의미를 파
악한 후에 나는 자신 있게 대답했다. "다른 주제를 내 주면 이
자리에서 다시 써서 보여 드리겠습니다." 그러나 선생님은 그
말에는 아무런 대꾸도 하지 않은 채 누구 것을 표절한 것 같
다는 소리만 중얼거리고 있었다. 나는 도저히 참을 수 없어
들어가면서 쏘아붙이듯 말했다. "그 근거를 말씀해 주십시오."
물론 그 일은 그것으로 끝나 버린 듯싶었다. 불쾌하기 짝이
없었다. 그런데 정작 불쾌한 일은 얼마 있지 않아서 날아든
통신표에서였다. 거기에는 너무나 선명하게 작문성적이 '미'라
고 적혀 있기 때문이었다. 그 일로 나는 큰 상처를 받았다. 그
리고 오랫동안 선생님을 불신하게 되었다. 실력 없는 선생이
봉급 받고 밥이나 축내고 있다는 생각을 했다.

　물론 시간이 지나고 보니 그 일을 통해서 하나님께서 나를
겸손하게 만드시고 영원한 미완성이란 표시를 이미 주신 것
같다. 그렇다! 문학에 무슨 완성이 있으랴. 영원한 미완성이
다. 그래서 그런지 지금도 나는 내 작품에 대해서 만족할 만
한 답이 나오지 않는다.

　아마 영원히 스스로 채찍질해야 할 부분이 그것인 것 같다
는 생각을 한다. 아무튼 해가 바뀌고 나는 더 열심을 내었다.
교내 백일장에서 장원을 두 번이나 하고 대외적으로도 이런저
런 상을 받았다. 서울까지 올라가 백일장에도 참가했다. 그러

던 어느 날이었다. 같은 학교는 아니었지만 사레지오고등학교에 다니는 김종이란 친구에게서 연락이 왔다. 한번 만나자는 것이었다.

그와는 이미 지상을 통하여 서로 이름을 알고 있던 터였다. 광주 충장로 상록학원 앞에 나가 보니 김종이 말고도 다른 친구들도 나와 있었다. 요지는 전국적인 범 고교생 문학 동인이 있는데 같이 활동해 보자는 거였다. 이름하여 '석류'. 그와 나는 당장에 의기투합했다. 그때 같이 나와 있던 친구 중에 고 김성빈, 송기원, 송명(송명호) 등이 있었고 또또 동인 중에는 김준태, 김만옥 등도 같은 멤버인 것을 나중에 알게 되었다. 특별히 김성빈, 김종 등과는 어울려 다니는 시간이 많았다. 밤늦도록 다니다가 우리 집에 와서 함께 잠을 자고 무슨 천일야화와 같은 이야기들을 밤을 새워 해대기도 했다.

문학에 대한 열정으로 밤을 새웠다. 한번은 학원에 실린 내시 '박꽃'이란 시 때문에 책을 한 권 샀다며 김성빈이 집으로 책을 들고 찾아왔다. 나도 그제야 알고 그 책을 한 권 샀다. 지방신문에 시가 발표되기도 하였다. 학생 문사로서 자연히 이름이 알려지게 되었다. 학교에서 선생님들이 부를 때에도 "어이, 김시인!"이었다.

그런데 그럴 즈음 나에게 고민거리 하나가 생기게 되었다. 2학년 때부터 해를 넘기면서 학생들과 특강을 하려는 선생님들 사이에 견해 차이로 마찰이 생긴 것이다. 특강을 자유로이 하되 필요한 사람은 전문학원에 다닐 수 있도록 하자는 학생들의 의견과 학생 전부를 무조건 특강을 시켜야 하니까 특강

비를 갹출해야 한다는 선생님들의 주장이 서로 다른 가운데서 나는 고민스러운 시간을 보냈다.

학생들 생각은 학교에서 똑같은 선생님의 강의를 반복해서 듣는다는 것은 흥미도 없고 새로운 학습 방법이나 능률적인 측면에서 버겁다는 생각을 하여 결사반대하는 분위기였고 실제로 설득력을 얻고 있었다.

그러나 선생님들은 반장이 학생들 편에 서서 전체 분위기를 흐려 놓는다는 식으로 수업은 하지 않고 인신공격성 발언을 서슴지 않았다. 나는 학교 다니는 것도 힘들만큼 되었다. 차라리 학교 다니는 것을 포기하든지 아니면 전학이라도 가든지 해야 되지 않겠는가 생각도 되고 모든 것이 무의미해졌다.

결국은 학생들 의견대로 되고 말았지만, 그로 인한 감정으로 특별히 영어선생은 이성을 상실한 듯했다. 수업시간에 수업은 하지 않고 자기도 기관에 있었으며 농림부에도 있었다는 둥 수업하고 상관도 없는 소리를 해대며 음성적으로 사람을 괴롭혔다. 학생들 모두가 괴로움을 당했다.

나는 한 동안 학교를 나가지 않았다. 만사가 귀찮아졌다. 살든지 죽든지 해야 될 것만 같았다. 그래서 어느 틈엔가 집 근처 약국에서 수면제를 하나씩 사 모으기 시작했다. 그리고 그 수면제가 한 주먹쯤 모아지던 날 나는 몇 통의 편지를 써 놓고 약을 입에 털어 넣고 말았다. 그리고 24시간 인사불성이 되어 잠을 잔 것이다. 눈을 떴다. 머리가 개운했다. 나중에 집에서 이런 사실이 알려지게 되어 소동이 일어나게 되었다. 사람들이 약국으로 달려가 따지듯 묻기도 한 모양이다. 그러나 약사는 태연히 이렇게 말을 했다.

"학생이 학교 갔다 오면서 수시로 들려 약을 사 모으는데 미심쩍어 수면제 대신 신경안정제를 주었을 뿐입니다."

나는 수면제인 줄 알고 먹었지만 실은 신경안정제를 먹은 것이다. 그러나 나의 육신은 이미 그때 죽은 것이나 다름이 없다고 생각한다. 지금 목회자의 길을 가면서 생각해 보면 그때 나를 살리신 분은 약사의 손길을 통한 하나님의 역사였음을 고백한다.

물론, 그 외에도 평생 고비가 몇 번 있었다. 한번은 유년기에 시동이 걸린 차가 급출발을 하는 바람에 큰 화물차 밑으로 들어가서 피투성이가 된 적도 있었고, 여름 홍수 때에 동네 청년들을 따라서 학교 다리 밑에서 먹을 감다 빠져 청년들이 건져준 일도 있고, 전도사 시절 나흘 동안 금식하며 집회를 인도하다 마지막 날 백사장에서 졸도하여 병원 신세를 진일도 있다.

지금까지도 그 때를 기점으로 약해진 건강으로 힘든 부분도 있지만 모두가 하나님의 은혜일뿐이다. 순간순간 하나님의 놀라우신 은총과 섭리가 있었음을 어떻게 부인하랴. 좌우지간에 파란 만장했던 고등학교 시절이 끝나고 있었다.

졸업식장에서 문화상을 받았다. 교회에서는 학생회 임원도 하였지만 열심이 있었던 것은 아니었다. 서울에 있는 모대학교 시험을 봤다. 결과는 실패였다. 하는 일 없이 백수가 되어 시간을 죽이고 있었다.

후기 대학에 들어갈 기회도 있었지만, 덩치도 않은 자존심 때문인지 갈 생각도 하지 않고 유유자적하며 하루하루를 보내고 있었다. 그때 무등일보(삼남교육신문)에는 당시 남해 출신으로 소설로 등단한 백시종 선생이 근무하고 있었는데 거기에도 많이 발표를 했다. 그리고 백시종 선생과는 몇 번 막걸리도 마셨다. 당시에 잊을 수 없는 문학 지망생들이 여럿 있었는데 한 사람은 학교 동창인 김춘수이다. 그의 고향은 진도군 임회면 죽림리였다. 항상 학교 오면 말이 없고, 그의 가방에는 책 대신 원고지 뭉치만 가득했다. 학교 수업은 숫제 상관없이 학교에 오면 글만 써서 나에게 보여주며 무엇인가 골똘히 생각하다 돌아갔다. '학원' 잡지에도 몇 번 발표도 하고 상도 받았고, 지방신문이지만 동화로 등단하기도 하였다. 그는 언젠가 학교에 와 몹시 당황한 듯 나에게 더듬거리며 말을 했다.

"어이, 이보게 나 가방 몽땅 잃어버렸어."

"가방에 무엇이 있는데?"

"작품이 하나 들어 있는데 자전거 뒤에 묶어 놨더니 자전거까지 끌고 가버렸어."

그리고 그는 몹시 아쉬운 듯이 말했다.

"원고지라도 돌려주면 좋을 텐데."

그는 졸업 마지막 한 달을 남겨 놓은 어느 날 나에게 이렇게 말했다.

"이보게 반장, 나는 도시가 싫어서 일찌감치 시골로 하향했다고 담임선생님께 전해주게."

그리고 그는 정말 그 다음부터 학교에 나오지 않았다. 또 '석류' 동인으로서 김성빈이 있었다. '희망'으로 그는 학원문학상

도 받았고, 자기 시가 중학교 1학년 교과서에 실리는 바람에
더 큰 문학의 열병을 앓았던 친구였다. 그는 아무에게도 자기
집을 가르쳐준 일이 없었다. 그래서 어느 날 김종과 내가 산
수동 어느 철도길 부근에 있는 그 집을 찾아가게 되었는데 막
상 집에서 나온 그는 반가워하기는커녕 자기 집을 찾아왔다고
오만가지 신경질을 다 부렸다. 괴짜였다. 몇 해 지난 후 그는
농약을 마시고 자살해 버렸다. 내가 군대 간 사이였다.

　김만옥이란 시인도 자살했노라고 먼발치에서 소식을 들었
다. 김종은 나와 더불어 막걸리깨나 마시고 다니던 친구였는
데 대학 강단에서 후학을 가르치기도 하고, 어디다 숨겨놨던
전가의 보검처럼 화가로서 화려하게 작품전도 열었다. 도록을
두 번이나 보내오고 내 첫 시집에 작품해설도 그가 썼다.

　문학에의 열병을 뒤로 하고 군에 입대했다. 늘 동경했던 군
인의 모습이었지만 훈련소 수용연대에 도착한 날부터 군대에
대한 환상은 보기 좋게 무너져 버리고 말았다. 날씨는 춥고
수도는 얼어붙고 훈련은 혹독했다. 한 번은 총검술 시간이었
다. 소위 계급장을 단 새파란 소대장이 앞에 나와서 재고 서
있더니 일장훈시를 하였다.

　"이 썩은 동태 눈깔 같은 놈들! 너 이놈들이 전쟁을 할 수
있어?"

　조금 지나자 훈시가 아니라 숫제 욕지거리로 이어지고 있었
다. 군대훈련이 모두 그러려니 하고 생각했는데 그날 따라 심
히 모멸감이 찾아왔다.

　"이 새끼들 너희들이 이따위 총검술을 한다면 나는 맨손으

로 해도 네 놈들을 이길 수 있다. 어떤 놈이든지 나와 봐!"

"……."

"정말 한 놈도 없어? 나와 봐!"

재차 그가 다그칠 때 나는 손을 번쩍 들고 앞으로 나갔다. 그리고 대검을 장착한 채로 소대장과 맞서게 되었다. 흥미진진한 듯 모두 쳐다보았다. 정말 일촉즉발의 순간이었다. 무엇보다도 중학교 일학년 때부터 태권도를 배우고 틈틈이 운동을 한 자부심 때문인지 도무지 소대장 따위는 가당치 않다고 행각했고, 한편으로는 어쩌면 소대장이 굉장한 무술의 고단자일 거라는 생각도 했다. 그리고 만약 날아와 앞차기나 이단옆차기로 먼저 내 턱이나 옆구리를 노릴지도 모른다고 생각하고 바짝 긴장을 하였다.

나는 대검을 장착한 엠 원 총에 힘을 주고 소대장의 정중앙을 노렸다. 그리고 갑자기 좌우로 한번 깊게 찌르면서 휘저었다. 그 순간, 소대장은 펄쩍 한번 뛰더니 이내 달아나기 시작했다. 소대장은 달아나고 나는 연병장을 돌면서 그를 쫓았다. 그때까지 바라보고 있던 훈련병들은 박장대소하며 웃어댔다.

굉장한 실력가일 거라 행각했는데 생각밖에 소대장의 허세가 드러난 것이다. 물론 그 일 이후로 우리 내무반에 대한 음성적인 기압과 탄압이 있었다. 그리고 상당히 고통스러운 시간을 보냈다. 그러나 시간이 지나자 각기 훈련소를 떠났다.

강원도 화천군 사내면 사창리, 그리고 거기서 십여 리쯤 떨어진 골짜기, 나는 내 동기 한 명과 함께 15사단 지역으로 배속되었다. 빼곡히 산으로만 둘러싸여 있는 첩첩산중이었다.

사람 구경하기도 힘들었다. 이따금 약초를 캐는 사람들과 화전민의 그림자가 숲 속에 어른거리다 사라졌다.

가을비가 추적거리는가 싶었는데 바로 겨울이 왔다. 문고리가 쩍쩍 달라붙고 밤으로는 눈사태 지는 소리가 들렸다. 잿빛 하늘에서는 하염없이 눈이 내렸다.

겨울은 긴 터널처럼 어둡고 길게 이어졌다. 밤이면 병사들은 개구멍을 빠져나가 인근 민가에 가서 철모에다 동동주를 받아오기도 하고 도토리묵을 사가지고 와서 향수를 달래기도 했다. 그리고 저마다 분위기가 고조되면 내무반 한편에 놓여 있는 낡은 전축에 '빗줄기의 리듬'을 틀어댔다.

사실 레코드판이라는 것이 달랑 그것 한 장밖에 없기 때문에 반복적으로 그 판을 틀어낸 것이다.

유난히 춥고 긴 겨울이 가고 봄이 왔다. 산등성이에 쌓인 눈이 녹고 얼음이 풀리자 막사 앞 개울가에 버들가지가 통통히 부풀어 올랐다. 그리고 눈 녹은 골짜기마다 진달래 꽃무더기가 흐드러지게 피기 시작했다. 언뜻언뜻 보이던 골짜기에 잔설이 녹고 아지랑이가 피어올랐다. 녹음이 우거지는가 싶었는데 새들이 짖어댔다.

6개월 동안 전방근무를 마치고 나는 서울로 올라왔다. 본부근무가 시작된 것이다. 서울에 올라온 이후 나는 몇몇 문학동호인들과 시화전을 개최하였다. 용산구 남영동에 위치한 용다방이라는 지하다실에서였다. 1971. 9. 4 – 9. 10까지였다. 시끄러운 장소에서 용케도 내 작품 다섯 점이 모두 팔렸다. 우리는 판돈으로 후암동 골목에서 막걸리를 사 마셨다.

그러나 그것은 하나의 작은 몸짓에 불과했다. 군대에 있는 동안 나는 서서히 지쳐 갔다. 부대의 특성상 일과가 끝나면 자유로운 시간이 보장되었다. 그러나 나는 아무것도 할 수 없다는 절망감에 하루하루를 보냈다. 글은 써지질 않았고 마음은 조급했다. 물론 시의 바탕에 많은 공부가 필요한 것이었지만 당시는 단순히 글을 언어의 조합이나 나열이라고 생각할 정도였으니 글이 써질 리가 만무했다.

일과가 끝나면 몰려다니며 술추렴하는 일이 빈번해졌다. 나는 서서히 허물어져 갔다. 제대를 얼마 남겨 놓지 않은 시점에서 누가 면회를 왔다. 이미 고인이 된 모교회 목사님이었다. 목사님은 나와 면담을 한 다음에 신학에 대한 이야기를 끄집어 내셨다. 나는 뜻밖이었다. 어려서부터 모태신앙으로 태어나서 학생회 임원까지 할 정도였지만, 목회자의 길에 대해서는 깊게 생각해 본 일이 없었기 때문이었다.

그러나 어머니께서는 오랫동안 나를 위해서 기도하고 계셨다. 이미 모두에 잠깐 어머니에 대해서 언급을 했지만, 선교 초기에 당시에는 드물게 보는 장로님의 딸로서 불신 집안인 우리 집으로 시집오신 것이었다. 우리 집은 대대로 우상을 섬기던 집안이었다. 집안에는 무당이 상주했고 -요즘 말하면 전속 무당인 셈인데- 그래서 무슨 일만 있으면 언제든지 집안의 해결사로서 무당이 징채를 잡고 나서는 분위기였다. 그리고 더 나아가서 절간을 한 채씩 지어 바칠 정도로 불교에 심취되어 있었고 가는 곳마다 신주단지와 한 달에도 두세 번씩 돌아오는 제사를 지내야 할 형편이었다.

나는 철이 들면서 뒤란 장독대 뒤에서 숨죽여 가며 눈물을 흘리시던 어머니를 여러 번 훔쳐보았다. 주일을 지키지 못하고 기도해야 할 시간에 기도를 할 수 없었고, 하나님께 드려야 할 것을 드리지 못한 힘든 시간들이었을 것이다.

어머니는 내가 초등학교 2학년쯤 되었을 때에 내 손목을 잡고 집 근처에 있는 교회로 나를 인도해 주셨다. 그런데 가던 날이 장날이라고 요즘 같으면 어린이 여름성경학교 때쯤 된 것 같았다. 뒤에 앉아 있던 전도사님이 큰 보따리를 하나 가지고 강단 앞으로 나오더니 하는 말이 이것은 이야기를 가득 담은 이야기보따리라고 말한 후에 그 보자기를 풀어서 쪽지 하나를 꺼낸 후에 이야기를 시작했는데 그 내용을 다 기억할 수는 없지만 대략적으로 골목대장이 회개하여 새 사람이 되고 교회가 불이 났을 때 뛰어 들어가 성경책을 껴안고 죽는다는 이야기였다.

나는 첫날 교회에서 들은 이야기에 오랫동안 눈물을 흘렸다. 그리고 예배를 마치고 돌아오는데 눈깔사탕 하나씩을 주는 바람에 그만 교회에 열심히 다니기 시작했는데 고향을 떠나는 그 시간까지 단 한 번도 지각이나 결석을 하지 않을 만큼 철저하게 교회에서 들리는 초종소리와 재종소리에 맞추어 신앙생활을 했던 것이다.

하나님과 함께 동행했던 시절이었다. 외할아버지는 시골에 있는 전답을 모두 팔아 예배당을 다섯 개나 세우고 순교하신 순교자였다. 그런 신앙의 가정에서 생활하신 분이기 때문에 나에게 우상 제물에 절을 하지 말라고 은밀히 가르쳐 주셔서 나는 17대 장손으로 유일하게 우리 집에서 고집을 피우며 제사상에 절을 하지 않은 아이였다.

또 어머니는 정직하게 살 것을 늘 가르치시고 당부하시며 늘 기도로 일관하셨다. 제일 좋은 것은 하나님께 드렸고 제일 좋은 자녀를 하나님께 드려야 한다고 입버릇처럼 말씀하셨다.

겨울이었다. 시골 동네는 가을 추수를 끝낸 볏짚들을 마을 어귀마다 둥그렇게 쌓아놓고 아이들은 그 사이에서 숨바꼭질이나 제기차기, 비석치기, 깡통치기 등을 하면서 놀았다. 그런데 어느 날 쌓아 논 볏짚 사이에서 놀던 아이들이 볏단을 하나씩 빼서 각기 집으로 가져가는 일이 있었다.

아마 주인이 우리 동네 사람이 아닌 멀리 살고 있는 사람인 듯했다. 그래서 같이 놀던 나도 덩달아서 볏짚 한 단을 가지고 들어왔다. 어머니는 머리를 동이고 누워 계시다가 장지문 유리창 사이로 내다보면서 물었다.

"무엇이냐"

"아무것도 아니에요."

"남의 것이면 갖다 둬라."

"동네 애들이 다 가지고 가는데 주인이 없어요."

"갖다 두라는 데도……."

어머니는 몸을 일으켜서 대나무 회초리를 만들어 피가 나도록 종아리를 때렸다. 그리고 나는 종내 내가 가져온 곳에 다시 갖다 주고 주인을 찾아가서 잘못을 빌고 돌아왔다. 이 일은 두고두고 세상을 정직하게 살아가는 아픈 교훈으로 남아 있다.

군에서 제대할 때쯤 서울로 이사를 왔다. 모든 가족이 다시 한데 모이게 되었다. 아버지는 정년을 몇 해 앞두고 퇴임을 하셨다. 퇴임하기 몇 해 전 승진도 하셨다. 시험을 봐서 승진한 것이 아니었다. 어느 해인가 세무공무원 중에서 정직하게 근무한 사람이 승진해야 한다는 여론과 방침에 따라서 상위 직급으로 승진을 하셨는데 도내 공무원 두 사람 중 한 분으로 선정되신 것이다. 자랑스러운 아버지셨다. 나는 이런 배경에서 신학공부에 대한 권유를 받게 되었다.

내 마음에는 어려서부터 배인 믿음의 뿌리 같은 것이 늘 신앙의 길로 재촉하고 있었다. 그러나 당장 결정할 문제는 아니었다. 기도했다. 특별히 홀로 산에 올라가서 새벽에 많은 기도 시간을 가졌다. 성경을 읽고 통독하는 가운데 놀라운 은혜를 체험하였다. 주일학교 때의 믿음이 다시 내게로 돌아옴을 느꼈다. 그리고 나는 75년 1월 7일 새벽, 성령의 임재하심으로 방언이 나오고 큰 기쁨이 임하는 놀라운 능력을 체험하게 되었다.

마음에 확신이 왔다. 갖가지 신령한 역사가 나타났다. 나는 신학교에 입학하게 되었다. 그리고 신학을 시작하면서 한 가지 마음을 정리한 것이 있었는데 그것은 목사 임직 때까지 글을 쓰지 않겠다는 결심을 한 것이다. 그때까지만 해도 신앙 외는 다 죄라는 달란트에 대한 잘못된 생각 때문이었다.

은혜 받은 자는 하나님의 일만 해야 하며 하나님의 일이란 기도, 말씀, 전도, 봉사에 한정되며 그 외 것은 다 죄요, 세상적이란 생각 때문이었다. 어려서부터 들어온 말씀과 잘못된 신앙 훈련 때문인 것을 알게 된 것은 상당한 시간이 지난 후였다.

두려움으로 중간에 몇 편의 시를 써서 교계잡지에 투고를 하였는데 '가야바의 뜰'이라는 시가 권두시로 실리기도 하였다. 또 그 당시에 '베드로행전'이라는 연작시를 쓰기도 하였다. 그러나 죄를 지은 심정으로 글을 썼다.

요즘도 가끔 나와 같은 이를 만나기도 한다. 성경에 대한 잘못된 이해와 가르침 때문인 것이다. 달란트와 죄를 구분하지 못하는 한국 교회! 자기가 하나님으로부터 받은 재능인 줄도 모르고 숨기기에만 급급한 한 달란트 기독교 문학, 그리고 아직도 미망에 사로잡힌 사람들!

그로 인해 죄와 타락은 없고 은혜만 있는 반쪽짜리 문학, 일반적인 글에 십자가, 교회, 예수님 이름만 들어가면 기독교 문학인 줄 아는 사람들! 여기에 대해서는 또 다른 장을 마련해야 할 것 같다.

우여곡절 끝에 시작한 공부였지만 어려움은 가중되었다. 장남으로서 가정을 부양해야 한다는 중압감이 무겁게 짓누르고 있었다. 또 교회에만 전적으로 사역할 수도 없는 처지였다. 당시의 교회는 사례비를 받을 처지가 되지 못하였다. 무보수로 이년 동안 봉사를 하고 사임을 했다. 그리고 잠시 직장생활을 시작했다.

그러나 믿음의 갈등은 점점 커졌다. 내가 겨우 이것을 하기 위해 매달릴 것인가 생각하자 한숨이 나왔다. 다니던 직장을 그만두고 다시 공부를 시작했다. 또 다른 교회를 맡아서 봉사

를 시작했다. 학생들을 맡아서 지도하고 청년예배를 인도하였
다. 학생회는 비약적으로 부흥하여 대여섯 명 되던 학생들이
점점 불어나더니 150여 명 가량이 되었다. 한번은 학생회 예
배를 마치고 나니까 우리 교회 회계 집사님이 주일 오후에 어
디를 가자고 차를 가지고 왔다. 그래서 얼떨결에 따라갔는데
양복점에 가서 양복을 한 벌 맞춰주고 구두도 사주었다. 그리
고 하는 말이 "부흥회를 한번 해야 된다."는 것이었다.

　나는 "부흥회를 어떻게 하는지 모릅니다." 했더니 "전도사님
이 학생들에게 설교하듯이 하면 됩니다." 하였다. 그리고 이어
서 "내가 가만히 들어보니까 전도사님은 받았습니다. 받은 사
람은 풀어놔야 합니다."라고 하였다. 생전 해보지도 않은 부흥
회를 한다니 덜컥 겁이 났다. 큰일 났다는 생각이 들기도 하
였다. 나의 생각은 아랑곳하지 않고 집사님은 내 사진이 든
포스터를 인쇄해 가지고 시내 여기저기 다니며 벽보를 붙이고
전도지를 나누어 주었다. 예정된 날짜에 가보니 삼각산 특별
기도원 앞에 '신유은사특별집회'란 플래카드를 대문짝만하게
붙여놓고 입구에는 내 사진이 든 포스터가 전봇대에 붙어 있
었다.

　나는 우선 기도하러 산으로 올라갔다. 기도하지 않고는 도
저히 견딜 수 없었다. 모든 것을 하나님께 맡겼다. 맡기지 않
고는 힘들 것 같았다. 당시 나는 우연한 기회에 덕성여자중학
교에 가서 예배를 한 번 인도한 일이 있었는데 계속적으로 요
청을 해와 만 3년 동안 매주 예배를 인도하고 학원선교를 하
고 있는 터였다.

　그런데 부흥회하고는 성격이 다르다는 생각이 됐다. 밤새도록 부르짖고 기도했더니 마음이 평안해지면서 두려운 마음이 사라졌다. 당시 삼각산 특별기도원은 삼각산에 있는 기도원 중에서 제일 규모가 컸는데 막상 기도원 강단에 서 보니까 맨 뒤에 앉아 있는 사람의 머리가 주먹만큼 작게 보였다. 그러나 어찌하랴 예배시간은 점점 다가오고 있었다.

　바로 그 때였다. 택시 한 대가 기도원 마당으로 들어오더니 한 남자가 담요에 둘둘만 여자를 어깨에 걸쳐 메고 성큼성큼 기도원 안으로 들어왔다. 그리고 대뜸 강사를 찾았다. 나는 누구냐고 물었다. 자기는 장위동에 사는 사람인데 부인을 위해서 기도를 받으러 왔노라 했다. 그래서 무엇 때문인가 물었더니 부인이 혈액암에 걸려 세브란스 병원에 갔다가 오는 길에 삼각산 기도원 입구에 걸려 있는 플래카드를 보고 왔노라고 했다.

　나는 그에게 일단 예배를 드린 후 기도하겠노라고 말하고 예배를 드렸다. 그 여자는 거의 피골이 상접한 상태였으며 오랫동안 아무것도 먹지 못하여 누가 보든 생명이 경각간에 달려 있는 형상이었다. 남편의 말로는 세브란스병원에서 더 이상 손을 쓸 수 없으니 마지막 준비를 하라는 말을 듣고 집으로 가다가 북악터널 입구에 있는 현수막을 보고 지푸라기라도 잡는 심정으로 왔노라 했다.

　여름이라 밤 예배가 끝난 후 모두 가져온 담요 등을 넢고 기도원 마룻바닥에 누워서 잠을 자는데 이 여자가 회개하는 소리가 어떻게 구슬프던지 기도원 집회에 참석한 사람들이 밤

잠을 이루지 못하고 있었다. 첫날이 지나고 둘째 날, 셋째 날, 그리고 마지막 오 일째 되는 금요일 예배를 마치고 안수기도에 들어갔는데 그만, 이 여자가 자리에서 벌떡 일어나는 일이 벌어졌다. 누워서 미동하기조차 힘들어했던 여자가 자리를 털고 일어난 것이다. 그리고 밥 한 숟갈을 넘길 수 없어 다 토해버린 사람이 갑자기 밥이 먹고 싶다고 하여 오후 예배가 끝난 뒤인지라 점심때도 지나서 할 수 없이 기도원 입구에 살고 있는 사람들에게 부탁해서 된장국에 식은 밥 한 그릇을 얻어 가지고 왔는데 그것을 여러 사람이 보는 앞에서 너무나 맛있게 먹는 모습을 보고 사람들이 다 놀라워하며 하나님께 영광을 돌렸다.

그리고 그때 부흥회 때 찍은 사진이 너무 신비한 장면들이 포착되어 지금도 나는 그 사진을 십여 장 보관하고 있는데 당시 사진을 찍었던 우리 교회 청년 이종순 씨는 목회자가 되어 지금 경상북도 봉화군 춘양면에 있는 농아인 교회를 섬기고 있다. 그 일 이후로 나는 많은 이적과 기사가 뒤따르는 것을 체험하였다.

또 한 번은 그런 일도 있었다. 내가 잠깐 전술한 바와 같이 매주 목요일에는 덕성여자중학교에서 학생들과 기독교사회 예배를 인도하였는데 한번은 예배를 마치고 오니 교회 앞마당에 백열등이 대낮같이 밝고 구경꾼들로 장이 서 있었다.

"전도사 온다!"

동네 사람 중 누군가 말하는가 싶었는데 술렁이기 시작했다. 교회 안쪽에 열여섯 살 먹은 계집아이가 살고 있었는데

신이 내려서 굿판이 벌어져서 작두를 탄다고 했다.

"아!"

나는 순간 외마디 신음이 나왔다. 문을 열고 집으로 들어가 보니-당시 교회에 달린 조그만 사택에서 살고 있었다.- 무당들의 징과 꽹과리 소리가 요란한데 집에는 집사람 혼자서 기도하고 있었다. '교회 옆에 신 내린 것 보니, 진짜 큰 신이 내렸나 보다'고 동네 사람들은 수군댔다. 잠깐 집에다 가방을 놓고 나온 나는 모여 있던 사람들을 향해 팔을 들어 "이 마귀 새끼들 다 들 물러가지 못해!" 하고 버럭 소리를 질렀다.

그런데 이게 웬 일인가? 그 많은 사람들이 내가 외치는 한 마디에 비실비실 뒷걸음을 치기 시작한 것이다. 그래서 나는 더 한번 팔을 내저으면서 "어서 집으로 돌아가!" 하고 소리를 쳤다. 그런데 그때 나도 깜짝 놀랄만한 체험이 왔다.

마치 물 묻은 손으로 전기 소켓을 만졌을 때 느껴지는 전율이 오른쪽 두 번째 손가락 끝까지 타고 흘렀다. 신이 내렸다는 교회 무당집으로 가보았다. 거기에서 작두를 타다가 내려온 무당이 삼지창을 가지고 돼지 머리를 찍고 있었다.

"굿 못해, 다 집어치워!"

나는 명령했다. 묵묵부답이었다. 그리고 나는 교회로 들어와 하나님 앞에 간절히 기도를 드렸다. 그때 교회 문을 누군가 노크하는 소리가 났다. 나가 보니 무당 대표 세 사람이었다. 그들은 와서 말하기를 "전도사님, 한번만 봐 주십시오."라고 했다. 나는 그 말끝에 "다 봐줘도 그것만은 봐줄 수 없다."고 잘라 말했다. 그들은 물러가면서 "기왕에 굿은 시작했으니 끝내야 한다."고 중얼거리며 돌아갔다.

다음은 금요일이었다. 특별히 마지막 금요일이기 때문에 모든 교인들이 연합으로 교회서 구역예배를 드리는 날이었다. 오전 10시가 되어 막 예배를 시작하려는 찰나에 징과 꽹과리 소리를 내며 굿판이 다시 벌어지고 있었다. 나는 아무 말도 없이 예배를 드렸다. 예배를 마친 후 광고를 하였다. 어제 되어진 일을 대충 이야기하고 "여러분! 여러분 가운데서 나를 따라 무당집에 갈 사람 나서십시오." 그런데 이상하게도 평소에 믿음이 좋다던 중직자들은 다 빠지고 이름도 빛도 없이 다니던 사람 다섯 사람만 나를 따라왔다.

"전도사님, 나는 혈압 때문에 못가요."라고 했고 어떤 권사님은 "다 그것도 장사니까 내버려두라."고 말하면서 빠졌다. 평소 방언기도를 하고 환상을 본다는 사람들은 대부분 이런 핑계 저런 핑계를 대며 다 빠져 버린 것이다.

나는 성경 찬송가를 옆구리에 끼고 앞장을 섰다. 그리고 무당집으로 향했다. 무당집에서는 요란한 소리와 함께 굿판이 벌어지고 있었다. 나는 낚아채듯이 문고리를 잡아당겼다. 그리고 성큼성큼 방안으로 들어갔다. 무당들이 굿을 하다 흠칫 놀란 것 같았다.

나는 정중앙에 앉고 함께 온 교인들이 나를 중심으로 빙 둘러 앉았다. 나는 권위 있게 선언했다. "다 같이 묵상 기도하므로 예배를 드리겠습니다." 그러자 그 때까지 잠자코 보고 있던 무당들이 한꺼번에 달려들었다. 나는 할 수 없이 그들과 한판 붙게 되었다. 그야말로 육탄전이 벌어진 것이다. 굿판이

난장판이 된 것은 두말할 필요도 없었다. 나는 다시 단호히 선언했다. "다시 한 번 굿판을 벌여 봐라. 다리를 분질러 놓을 테니!" 교회로 돌아온 나는 영적 전쟁임을 알고 밤을 세워가며 기도했다.

처녀가 신 내렸단 소식을 듣고 점을 치러 온 사람들이 있었지만, 하나님께서는 거짓임이 스스로 드러나게 만드셨다. 그래서 오는 사람마다 "점괘가 맞질 않는다"고 침을 뱉고 나갔다. 귀신이 나가버린 것이다.

마치 빌립보에서 바울이 점하는 여자에게서 귀신을 내쫓아 버리자 이익의 소망이 끊어진 것처럼 점괘가 맞질 않았고 자연히 사람들의 발걸음이 멈추게 된 것이다. 그 후로 무당은 생계를 위해 고무풍선 붙이는 일을 하다가 결국은 교회에다가 그 집을 팔고 나가버렸다. 그곳은 교회 교육관이 되었다.

또 잊을 수 없는 일이 있었다. 1982년 겨울이었다. 교회에서 부흥회가 열렸다. 점심시간이 되자 강사 목사님과 담임 목사님이 식사하러 간 시간이었다.

나는 전도사로 사택에 남아 있었다. 그때 한 여자 집사가 눈물을 흘리며 급히 방문을 열고 들어왔다. 그리고 하는 말이 "전도사님, 애기가 죽었어요."였다. 그리고 그 말과 더불어서 등 뒤에 업은 아기를 내려서 나에게 안겨 주었다. 얼떨결에 아기를 받아 안았는데 빳빳하게 굳어 미동도 하지 않았다. 어찌된 영문이냐고 묻자 낮 성경공부가 끝나고 집에 가서 아기를 내려놓으려고 보니까 죽었더란다. 그래서 남편도 없는데- 남편은 사우디에가 있었음- 애 죽었다는 말 들을까 봐서 부리나

케 나와 택시를 잡아탔는데 운전기사가 단번에 알아보고 어느 병원으로 갈 것인가를 묻길래 "병원에 가지 않고 교회로 간다"고 대답하니 택시 운전기사가 병원에 가야지 무슨 소리냐고 비웃었지만 우겨서 왔노라 했다. 나는 자초지종 이야기를 들을 때 겁이 났다. 강사 목사님이라도 있었으면 좋으련만 어쩌다 이런 일이 나에게 생겼는가 생각하니 당혹스러웠다. 그러나 급한 김에 아기를 안고 기도하는데 아기 엄마와 함께 눈물로 기도를 드렸다.

그런데 기도 중 사도행전에 유두고 사건이 번개처럼 떠오르므로 기도를 마치고 "이 아이가 죽은 것이 아니라 잔다"고 선언했다. 그리고 아이를 아랫목에 우리 아이가 자던 이불을 덮어 뉘여 놓고 나와서 마침 한 권사님이란 분의 추도 예배를 드리러 갔는데 예배 도중에 자꾸 생각이 나서 아무개 집사님 아기 이야기를 꺼낸 다음 "지금 아기가 살아났다."고 선언해 버렸다. 그리고 추도 예배가 끝나고 교회로 돌아오는데 교우들이 내가 오는 길가에 서서 박수를 치면서 "전도사님, 예배드리러 간 사이에 애기가 깨어나서 과자 사달라고 해 과자를 사러 가는 중이에요." 했다. 사람이 한 일이 아니라 하나님께서 하신 일이었다. 사람은 도구로만 사용되었고 능력을 행하신 분은 하나님이셨다. 그런데 "전도사가 애기 살렸다."는 소문이 나서 당시에 그 이야기 듣고 교회에 찾아오는 사람도 있었는데 그 중에 한 명이 현재 우리 교회에 출석하고 있는 백 권사님이다. 그밖에도 많은 이적과 기사가 일어났다. 오직 하나님께만 영광을 돌렸다.

어느덧 소속 교회를 섬긴 지 7년의 세월이 지나갔다. 힘들었던 학교도 졸업하였다. 나는 부득불 단독 목회를 해야 할 필요성을 느꼈다. 무작정 전철을 타고 수원에 있는 비행장 부근까지 내려갔다. 황량한 벌판이었다. 아골 골짝 빈들에서 단독 목회가 시작되었다. 논밭으로 둘러싸인 곳에 비행장이 있고 비행장 정문 앞 길 건너편에 술집, 다방, 클럽 그런 집들이 가득했다. 나는 허름한 방 한 칸을 얻어서 성탄절 예배를 드렸다. 밖에는 흰 눈이 소리 없이 내렸다. 밥상을 하나 놓고 '고요한 밤 거룩한 밤'을 부르는데 옆방에 있는 양색시들이 따라서 함께 불렀다. 밤으로는 술 취한 미군들의 목소리가 새벽까지 이어졌다. 새벽기도 길을 가다 보면 비틀거리는 미군들과 양색시들이 어울려서 뭐라고 떠들어대며 흐느적거렸다. 복음이 필요한 곳에 하나님께서 나를 보내셨다고 생각했다.

그러나 다른 사람들은 그렇게 생각하지 않고 이곳은 부흥이 안 되니 다른 곳으로 옮기라고 했다. 어떤 사람은 "여기서 이 고생하지 말고 미국이나 들어가라."고 선의의 충고(?)를 해주기도 했고, 심지어는 십자가를 달러 온 성구사 장로님은 십자가는 달지 않고 그냥 가버렸다.

사실 나는 이미 미국에서 초청장을 받아 놓고 있는 상태였다. 그러나 미국에 갈 생각은 없었다. 그것은 두 가지 이유였다. 첫째는 이민 목회에 대한 응답이 없었고 또 하나는 이러다가는 모국어로 시를 쓸 기회를 영영히 상실해 버리지 않겠느냐는 생각 때문이었다.

아무튼 예수님께서 베다니 촌에 심방 다니시던 것을 생각하면서 목회를 했다. 교회 나오지 않으면 클럽으로 심방을 간 일도 있었다. 클럽이라고 하는 곳은 술집이다. 술도 팔고, 차도 팔고, 오락기구도 있는 그런 곳이다. 이 땅의 딸들이 마지막 소망을 가지고 오는 곳, 이곳이 바로 땅 끝이라고 생각했다. 공장 돌아, 다방 돌아, 술집 돌아 그리고 마지막으로 도착한 종착역!

교인들은 하나 둘씩 늘어났지만 일 년만 있으면 미군들의 복무기한이 끝남과 동시에 함께 미국으로 들어갔다. 새로운 성도가 들어오고 학습을 받고 세례를 받을 때쯤 되어서는 작별 인사를 하러 찾아왔다. 구원 받은 자는 늘어도 부흥은 되지 않았다.

어떻게 보면 철저히 실패한 목회였다. 어떤 성도는 술집에서 있다가, 어떤 이는 유곽에 있다 온 이도 있었고, 더러는 미군 부대에서 사무원으로 근무하다 이곳까지 흘러온 사람도 있었다. 사연도 가지가지였다. 최현○이라는 성도는 하나님의 은혜를 체험하고 사순절기간 동안 내내 수틀에 예수님의 모습을 수를 놓아 부활절 날 가져왔다.

받은바 은혜를 그렇게 표현했다. 그 그림은 지금도 내가 소중히 보관하고 있는 것 중의 하나이다. 그는 미군과 재회하여 미국으로 건너갔다. ○홍단은 미군 군속과 사는 사람으로 교회 유익보다는 목회에 많은 해를 끼쳐 어려움을 준 사람이었다. 목회는 많은 사람으로 괴로움을 받는 것이 아니라 거듭나지 못한 한두 사람의 불순종과 교만으로 고통을 당하는 경우가 많은데 그런 케이스였다. 이숙○는 마약에 찌들어 길거리에 버려진 상태였는데 미군이 발견하고 치료하여 함께 살고 있었다. 은혜를 체험하여 교회에 열심히 봉사하기도 하였다.

그러던 어느 날이었다. 교회가 부흥회를 개최하게 되었는데 그는 자진해서 강사 목사님을 접대하겠노라고 자청을 하였다. 그러나 막상 부흥회가 시작되었어도 그는 보이지 않았다. 예배가 끝나고 그 집을 심방해 보았다. 그런데 천만뜻밖에도 그 집에서 애지중지 키우던 개가 새끼를 낳은 후 죽어버린 것이다. 당초 강사를 대접하겠다고 하긴 했지만 개가 새끼를 낳는 바람에 교회에 나오지 못했고 강사를 대접하기로 작정한 닭고기를 끓여서 개를 주었는데 그만 개가 죽어버렸노라고 했다.

그는 풀이 죽은 채로 말했다. "목사님, 개가 왜 죽었는지 알고 있어요." 또 일반 성도로서 충성스럽게 봉사한 분들이 있었다. 강연숙, 윤순덕 권사님이었다. 특히 윤 권사님은 미션 스쿨을 나와 신앙생활을 일찍이 시작한 분이었고 경기도 가평이 고향이었다. 교회에 마지막 시간까지 충성하며 믿음의 본을 보인 분이었다. 기지촌 목회를 하다 보니 물질적 어려움이 가중돼 왔다. 아이들이 보던 TV도 내다 팔아 교인들 밥을 해 주었다. 결혼 때 해준 반지를 팔아 교회 운영비에 충당했다. 나는 서서히 지쳐가고 있었다. 술 취한 미군들의 소리로 밤잠을 설치고 아침이 밝아온 기지촌 풍경은 폐허처럼 을씨년스러웠다.

나는 그 동안 참았던 글을 쓰기 시작했다. 글이라도 쓰지 않으면 질식할 것 같은 고통이 찾아왔다. 그때 쓴 몇 편의 시를 김치수 교수에게 우연히 보여드렸는데 해가 두 번씩이나 바뀌고 까마득히 잊고 있던 1986년 5월 현대시학 한 권이 난데없이 도착했다. 2년 전에 보낸 시 중에서 '날치에게'와 '잔설'이 추천 작품으로 올라와 있었다. 무엇인가 힘들 때는 늘 위로해 주시는 하나님의 손길을 체험했다.

책이 도착한 후 바로 서울에서 연락이 왔다. 모든 일을 제쳐놓고 서울에 당도하여 서대문 로터리 우체국 옆 어느 찻집에 갔다. 김치수, 김현, 전봉건 선생 세 분이 기다리고 있었다. 그때 전봉건 선생은 커피 잔을 든 손을 매우 떨고 있었고 애써 그 손을 주물러 가면서 커피를 마시는 것을 보았다. 건강이 좋지 않아 보였다.

김현 선생은 자기는 이미 술, 담배는 끊었는데 "이제 김형 다니는 교회만 다니면 다 된다."고 웃으면서 말했다. 다른 잡지에 낼까 하다가 욕심이 나서 우리 잡지에 실었다고 전봉건 선생은 말했다. 과분한 칭찬이었다. 그리고 헤어질 때쯤 서너 차례 더 가져오라고 당부했다. 그 날 점심은 사천 원짜리 설렁탕으로 대접하고 다시 수원으로 내려왔다. 벌써 세 분 모두 세상을 떠났으니 참으로 애석한 일이다.

숨죽이고 있던 세상이 다시 불쑥거리고 나오는 것 같았다. 햇수로 헤아려 보니 한 십년 동안은 목회자의 길을 가면서 고의적으로 창작을 외면하고 있었던 것 같다. 하나님의 일보다 우선하는 것은 다 죄라는 생각 때문이었다. 달란트는 모두 하나님께 받은 소중한 것이며 많은 이익을 남겨야 한다는 생각의 변화까지는 꽤 오랜 시간이 걸렸다.

그리고 1987년이 되었다. 교회를 떠나기로 작정하고 기도

한 지 한 달 만에 서울에서 십여 명의 옛날 제자들이 찾아왔
다. 준비 기도를 하고 있던 터라 나는 아무 거리낌 없이 가재
도구를 싣고 서울로 올라왔다. 새로운 목회를 시작한 것이다.

마포구 아현동 산7번지. 대부분 알 만한 사람들은 아! 그곳
하고 단번에 알아버리듯 그곳은 일제 때 도시철거민의 집단
이주지였다. 나는 산동네 초입에 23평짜리 이층을 얻어 놓고
개척예배를 드렸다. 개척한지 얼마 되지 않았는데 사람들이
어디서 한꺼번에 쏟아져 들어왔다. 삼 년이 지나니 용신하기
도 힘들었다. 한쪽을 베니어판으로 막고 살았던 곳을 헐고 나
는 교회가 보이는 맞은편으로 이사를 했다.

교회를 일부분 확장한 것이다. 처음으로 방 셋이 있는 전셋
집으로 이사를 가는 날이었다. 아이들도 나도 상당히 흥분이
되었다. 층계가 컴컴하고 비좁기는 하지만 그리고 4층 맨 꼭
대기에 있는 슬라브 옥상 밑의 집이지만 집이 있다는 사실이
아이들을 들뜨게 만들었다.

그러나 한해를 지나면서 슬라브 옥상 맨 꼭대기에 있는 방
이 겨울에는 얼마나 추우며 여름에는 얼마나 더운가에 대하여
알게 되었다. 우리 식구들은 연탄보일러를 가동해도 불기가
들어오지 않는 마룻장을 시베리아 벌판이라고 불렀다.

겨울이면 발이 시려 마루에 나가는 것조차 힘들었다. 게다
가 겨울에 잔뜩 얼었던 중천장의 물이 봄이 되면 녹아서 마루
로 떨어졌다. 반대로 여름이면 햇볕에 달궈진 슬라브 옥상은
한밤중에 서너 차례씩 일어나 물을 끼얹었어도 더위를 피하기
힘들었다. 밤잠을 설치고 새벽예배에 나오는 날은 온몸에 힘

이 빠졌다.

어느 해 겨울에는 자식이 이사했다는 이야기를 들은 어머니가 오셔서 하룻밤 주무시고 가면서 하는 말이 "춥다 춥다 해도 세상에 이렇게 추운 집은 처음 봤다."고 하시며 가셨다.

목회자의 길을 가면서 부모에게 지은 죄가 너무 많아 태산을 이룰 만큼 된 것 같다. 거기다가 지은 지 20년이 넘어서 벽은 금이 가고 조금만 발자국 소리가 나도 시끄럽다고 밑에서 올라와 소리소리 질러댔다. 교인들은 어두워 층계에서 넘어지고 나이 많은 분들은 숫제 올라올 생각을 하지 못하고 길 아래서 전화를 하고 기다렸다.

아랫집에는 날마다 술을 마시고 주정하는 주정뱅이가 살았는데 부부간 싸우기를 밥 먹듯이 했다. 싸우다 어떤 날은 윗층까지 올라와 시비를 하고 발광지신을 했다. 마귀의 역사였다. 그나마 가끔 찬송소리가 나는 것을 보면 교회도 나가는 것 같았다. 주일날이면 양복 입고 교회 버스를 기다리고 있는 것을 보면 웃음이 나왔다. 불쌍한 사람들! 그런 동네였다.

나는 시집을 냈다. 너무 오래 되었기 때문에 시집을 함께 묶기도 그렇고 간략하게 연도를 세분해서 묶었다. 작품 해설은 고등학교 때 '석류' 동인이었던 김종 시인이 맡아 주었다. 시집 제목을 위해 기도하던 가운데 〈다시 시작하는 나라〉란 제목을 붙였더니 주변에서 대찬성이었다. 그로부터 3년 두 번째 시집이 양문각에서 나왔다. 〈몽고 지방에 사는 사람들의 말 속에는 몽고반점이 있다.〉 이 시집은 '몽고반점'이란 시에서 한 줄 따온 것이었다. 그리고 이 시를 쓰게 된 배경은 '한

국-수메르 이스라엘의 역사'라는 책을 읽고 난 후 경상남도 김
해에 정착하게 된 소호금천씨족과 천산남로와 북로를 지나 메
소포타미아에 정착한 고대 수메르인과의 관계를 역사적으로
조명한 것인데 작품을 이해하는 사람들이 별반 없었다. 작품
에 대한 평도 전혀 동떨어진 것이어서 아예 해설을 붙이지 않
고 내 신변 이야기만을 뒤에 붙였다. 그리고 다시 세월이 지
났다.

교회를 개척한 지 10년이 지났다. 교회를 옮겨야 하는데 마
땅한 장소가 나타나지 않았다. 시간은 촉박하고 이사 갈 기한
은 일주일밖에 남지 않았다. 기존 위치에서 먼 곳으로 가면
좋은 건물과 장소가 있었지만 그렇게 되면 어린 아이들과 노
인들이 떨어질 것이고 가까운 곳은 성장하는 데는 부적합했
다. 마음에 갈등이 생겼다. 그러나 교회를 옮기면서 주일학교
아이들이 떨어지던 과거의 가슴 아픈 기억 때문에 가까운 곳
으로 가기로 결론을 내렸다.

성장이 목적은 아니라고 생각되었다. 돈 1억 5천을 가지고
다니는데 생면부지의 복덕방에서 1억을 빌려주며 건물을 사
라고 하여 건물 일부 62평을 매입하여 이전을 하였다. 그리고
다시 세 번째 시집을 냈다. 쿰란출판사에서 목양시리즈로 낸
것인데 67년 현재의 광주일보에 발표한 '촛불'에서부터 무등
일보(삼남교육신문) 신문지상에 발표했던 초창기의 발표작품들
중 빠져 있는 것들이 많이 있어서 연도 별로 한 권을 묶어서
냈다.

교회는 은행에서 1억을 융자받아 복덕방에서 빌린 것을 갚

아야 하는데 IMF가 터졌다. 힘들고 어려운 시기였다. 그때
누가 목사님 자동차를 사라며 헌금을 하였다. 1천만 원이었
다. 나는 먼저 빚을 갚겠다며 교회 앞에 광고한 후 빚을 갚았
다. 물론 그 이전에도 나에게 몇 차례 차를 사주겠다고 권유
를 한 성도님이 있었지만 "개척교회 목회자로서 부끄럽다."며
거절했었다.

나는 유일하게 우리 노회에서 걸어 다니는 목사였다. 노회
서기를 하고 노회장을 할 때도 걸어 다녔다. 걷는 즐거움도
만만치 않았다. 먼저 교회 빚을 갚는 것은 상식적인 것이지만
그 모습을 본 교우들은 힘을 내어 헌금을 드리고 빚을 갚았
다. 교회 빚을 다 갚을 때가 되어 목사님 차를 사자고 했다.
나는 교회 차를 먼저 사자고 했다. 그때까지 교회도 차가 없
었다. 처음으로 교회 봉고차를 구입했다. 봉고차 불입을 다
한 후 이제는 목사님 차를 사자고 했다. 나는 소형차를, 교인
들은 중형차를 말했는데 결국 내 주장이 통과되었다.

그때쯤 하여 교회 뒤편에 42평짜리 술집이 붙어 있었는데
주인이 교회서 매입해 달라며 찾아왔다. 교회와 맞붙어 있으
니 장사가 될 리 만무했을 것이다. 교회 뒤에서 3년 동안 네
사람이 바뀌면서 술장사를 하더니 망해 버렸다. 교회가 그곳
을 부득불 인수하여 주일날 식당으로 사용하고 있다. 10년 넘
게 살던 집 근처 산동네에 재건축 바람이 불었다. 재건축 조
합이 설립되고, 조합장을 뽑는다고 떠들어대더니 플래카드가
나붙었다.

청사진이 요소요소에 내걸리더니 복덕방들이 떼로 몰려들었

다. 우리는 정들었던 그곳에서 길 건너로 다시 이사를 했다. 그리고 2007년 그리스와 로마, 터키, 이집트 등 주로 요한계시록에 기록되어 있는 소아시아 일곱 교회를 다녀왔다. 해마다 여전도회서 성지 가라며 준 돈을 다 교회 빚 갚자고 써 버렸더니 그 다음부터는 아무 소식이 없었다. 그런데 작년도에 우연히 갈 기회가 있어서 교우들의 따뜻한 정성 속에 열하루 동안 다녀왔다.

다녀오길 잘했다는 생각이 들었다. 엄청나게 많은 양의 공부를 한꺼번에 해댔다. 25편의 시도 썼다. 그리고 그동안 틈틈이 써 온 것을 함께 묶어 〈열하루 동안의 부재〉란 제목으로 네 번째 시집을 상재하였다. 그리고 지금까지 총8권의 시집을 내었다. 그리고 그 와중에 기독교문학의 형상화 작업과 저변확대를 위해서 뜻을 같이하는 기독교 시인12명이 모여 크리스천12시인을 결성하고 실제 교회서 사용할 수 있는 절기시와 행사시, 인물시, 그리고 신구약 성경, 그리고 예수님의 생애를 주제로 한 예수 그리스도, 새예루살렘의 노래 등 1998년부터 10년 동안 9권의 공동 사화집을 내었다. 물론 각 교회를 순회하는 순회시낭송회 등도 가졌다. 하나님이 기뻐하시는 일이요 늦었지만 꼭 해야 될 일이라 생각했던 일이었다.

그때 함께 참여한 초창기 멤버로는 박이도, 신규호, 김지향 홍문표, 양왕용, 이지현, 이향아, 김 석, 허소라, 추영수, 이 탄 등이었다. 물론 일부가 빠지고 새로 들어오기도 하였다. 작은 시도였지만 이 땅에 기독교 문학의 토양을 일구며 기독교 문화의 저변확대를 위한 주춧돌을 놓는 일이라 생각한다.

창 밖에는 지금 노란 은행잎이 석양에 황금빛으로 타오르고 있다. 벌써 가을색이 완연하다.

바울이 나의 나 된 것은 하나님의 은혜라 하였는데 사실, 이 말씀은 나에게 주신 말씀이라고 늘 생각한다. 어리석고 연약하고 쓸모없는 자를 붙들어 직분 주시고 세상에 무익한 자를 붙들어 유익한 자가 되게 하셨으니 주께서 주신 은총은 만 입을 다 가지고도 감당할 길이 없다. 내게 사는 것이 그리스도니 죽는 것도 유익할 뿐이다.

빗줄기의 리듬

2015년 9월 05일 1판 1쇄 인쇄
2015년 9월 10일 1판 1쇄 발행

지 은 이 김 지 원
펴 낸 이 심 혁 창
편집위원 원 응 순
디 자 인 홍 영 민
마 케 팅 정 기 영

펴낸곳 **도서출판 한글**
서울특별시 서대문구 신촌로 27길 4호
☎ 02) 363-0301 / FAX 02) 362-8635
E-mail : simsazang@hanmail.net
등록 1980. 2. 20 제312-1980-000009

GOD BLESS YOU

정가 **10,000원**

*
ISBN 97889-7073-510-8-13810